AF197849

DARK PLACES

Ken Bruen

Scharfe Munition

Aus dem Englischen von Karen Witthuhn
Herausgegeben von Jürgen Ruckh

Polar Verlag

Originaltitel: Ammunition
Copyright © 2007 by Ken Bruen

Deutsche Erstausgabe, 1. Auflage 2024
Aus dem Englischen von Karen Witthuhn
Mit einem Nachwort von Anthony J. Quinn

© 2024 Polar Verlag e. K., Stuttgart
www.polar-verlag.de

Lektorat: Tobias Schumacher-Hernández
Korrektorat: Andreas März
Umschlaggestaltung: Britta Kuhlmann
Coverfoto: © alexanderuhrin/Adobe Stock
Autorenfoto: © Ken Bruen
Satz/Layout: Martina Stolzmann
Gesetzt aus Adobe Garamond PostScript, InDesign

Druck und Bindung: Nørhaven, Agerlandsvej 3, 8800 Viborg, DK
Printed in Denmark 2024

ISBN: 978-3-910918-10-8

Für Randall Hicks

Noch nie sind mir institutionelles Fehlverhalten, Blindheit,
Arroganz und Voreingenommenheit in einem Ausmaß begegnet,
wie es in der Met als normal angesehen wird.
– Sir Robert Mark, Metropolitan Police Commissioner

1

Brant war beim dritten Whisky, kippte ihn weg wie ein ganzer Kerl. Es ging ihm richtig dreckig, Ed McBain war tot, und nichts konnte diesen Verlust mildern. Er murmelte:

»Fuck.«

Der Barmann, stets bemüht, Brants Bedürfnisse zu erfüllen, fragte:

»Ja?«

Brant warf ihm den Granitblick zu, sagte:

»Wenn ich was will, erfährst du's.«

Brants Ruf war legendär. Er wurde von Cops und Kriminellen in Südost-London gleichermaßen gefürchtet. Die hohen Tiere hatten nichts unversucht gelassen, um ihn abzusäbeln, aber er hatte alles überlebt.

London war in erhöhtem Alarmzustand. Seit den Terroranschlägen lag Paranoia in der Luft. Die Bevölkerung fragte sich nicht, ob die Attentäter wieder zuschlagen würden, sondern wo und wann.

McBain war Brants einziger Held gewesen, er hatte jeden seiner Romane gesammelt, besaß auch den neusten, der nun der letzte bleiben würde, und brachte es nicht über sich, ihn zu lesen. Er wollte gerade nach einem weiteren Drink brüllen, als er eine Stimme hörte:

»Sergeant?«

Er drehte sich um und erblickte Porter Nash, den frisch beförderten Porter Nash, in einem todschicken Anzug. Porter war der einzige offen schwule Cop auf dem Revier und wahrscheinlich der beste Ermittler von allen. Brant, der jeden hasste, pflegte eine ungewöhnliche Freundschaft zu ihm. Keiner der beiden wusste so genau, wieso sie miteinander klarkamen, aber scheiß drauf, egal, sie nahmen es hin. Brant sagte:

»Heißer Anzug.«

Porter setzte sich auf den Hocker neben Brant, fragte:

»Gefällt er dir?«

Brant gab dem Barmann ein Zeichen, beäugte lange den Anzug, sagte:

»Hilft, wenn man schwul ist.«

Porter lachte, oft blieb ihm nichts anderes übrig. Wer mit Brant zu tun hatte, brauchte eine Riesenportion Humor oder eine Schrotflinte. Brant bestellte zwei große Whiskys, und Porter protestierte:

»Ich wollte Wodka.«

Brant fegte es beiseite, sagte:

»Wahrscheinlich mit Lime. Trink mal was Richtiges.«

Der Barmann kannte Brant, klar, jeder kannte Brant, aber der andere Typ, der war neu und bedenklich. Er hatte Manieren, bedankte sich, als er ihm die Drinks auf den Tresen knallte, konnte also kein Cop sein. Aber er hatte so eine Aura, trotz des Tuntenanzugs, irgendwas an seiner Haltung sagte … *mit mir ist nicht zu spaßen.* Den würde der Barmann im Auge behalten, mal sehen, was er rausfinden konnte.

Brant stieß sein Glas gegen Porters, sagte:

»Ich glaub, der Barbengel steht auf dich.«

Porter warf einen flüchtigen Blick, sagte:

»Nicht mein Typ.«

Brant kippte einen tödlichen Schluck runter, Porter nippte, als er Brants Miene bemerkte, trank er etwas mehr, sagte:

»Könnte ich Wasser dazubekommen?«

Brant steckte sich eine Kippe an. Er war zu einer sogenannten teerarmen Marke gewechselt, sie funzte nicht. Porter, seit sechs Monaten Nichtraucher, atmete gierig den Rauch ein, fand sich mit dem puren Whisky ab, sagte:

»Also, was hältst du von dem Ami?«

Brant sah auf seine Uhr. Ohne dass er es geahnt hätte, blieben ihm rund zehn Minuten, bevor er niedergeschossen wurde.

Der Ami war L.M. Wallace, Terrorismusexperte. Alle Einheiten hatten so einen zugewiesen bekommen, in der Hoffnung, die würden wissen, wann und wo es zu einem Anschlag kommen könnte. Die Amis hatten 9/11, die Briten jetzt ihr 21/7. Brant drückte die Kippe aus, sagte:

»Bin ihm noch nicht begegnet.«

Im Tonfall schwang totale Gleichgültigkeit mit, trotzdem fragte er:

»Und du?«

Porter nickte. Er war als Mentor, Führer, Kindermädchen, was auch immer abkommandiert worden, damit der Typ sich willkommen fühlte. Er sagte:

»Er ist groß, das muss man ihm lassen.«

Brant lachte, auf die besonders dreckige Art, die nichts mit Humor zu tun hatte, und sagte:

»Mehr als 'ne Handvoll, ja?«

Porter trank aus und spürte die Wärme seinen Magen streicheln, die künstliche Leichtigkeit. Er nahm jede Entspannung, die er kriegen konnte, sagte:

»Der Typ wiegt gut neunzig Kilo, sein Gesicht sieht aus, als hätte jemand einen Flammenwerfer draufgehalten, und seine Referenzen sind beeindruckend, das muss ich zugeben.«

Nichts auf der Welt konnte Brant beeindrucken. Er sagte:

»Beeindruck mich.«

Der Schütze betrat die Bar, in der Jacke die Browning Automatik. Er hatte sie soeben durchgeladen und war sozusagen schussbereit. Er sah die beiden Bullen an der Bar. Stellte sich breitbeinig auf.

Porter sagte:

»FBI Anti-Terrorist Squad, Special Ops, Homeland Security und ein Haufen Auszeichnungen.«

Brant ließ das sacken und wollte eine kluggeschissene Antwort geben.

Der Schütze hatte die Browning im Anschlag. Er wollte gerade abdrücken, als eine Frau durch die Tür rauschte und ihn leicht aus der Balance brachte. Er murmelte:

»Fuck.«

Versuchte, das Gleichgewicht wiederzufinden, drückte ab. Feuerte mehrere Salven. Hinter der Theke explodierten Flaschen, Tresensplitter flogen durch die Gegend, und Porter stieß Brant zu Boden und warf sich schützend über ihn. Der Angreifer sah die Bullen am Boden liegen, hoffte, dass er wen abgeknallt hatte, und floh. Menschen schrien, ein Besoffener kam aus seinem Vollrausch, fragte:

»Ist schon Weihnachten?«

Porter war am Funkgerät, brüllte:

»Schießerei, Attentäter aus dem King's Arms auf die Kennington Road gelaufen.« Er rappelte sich auf, der Geruch von Kordit hing mit Alkohol vermischt schwer in der Luft. Er schaute nach unten. Brant regte sich nicht, und Porter bückte sich, streckte den Arm aus, sah das Loch in Brants Rücken und schrie:

»Holt einen verdammten Krankenwagen.«

Brüllte ins Funkgerät:

»Polizist niedergeschossen, ich wiederhole, Polizist niedergeschossen.«

Der Besoffene stimmte summend »Jingle Bells« an.

Munition. Schießpulver, Schuss, Kugel etc. Angriffsgeschosse allgemein.
– Wörterbuchdefinition

2

Als Police Constable McDonald hörte, dass Brant niedergeschossen worden war, hätte er fast die Arme hochgerissen und gejubelt: »Krasse Scheiße.«

Aber er befand sich in der Polizeikantine und musste sich verhalten wie alle anderen, sich schockiert geben und entrüstet aufspringen, bereit, sich den Angreifer vorzuknöpfen. Und er war tatsächlich schockiert, konnte kaum glauben, dass Brant endlich eins übergebraten bekommen hatte. Er hasste das Arschloch von ganzem Herzen. Früher mal, herrje, wie lang war das her, da war McDonald der Goldjunge gewesen, auf direktem Weg nach oben, unter den Fittichen des Super persönlich. Seine einzige Aufgabe, eigentlich ganz einfach, war es gewesen, dafür zu sorgen, dass Brant ausrutschte und geliefert war.

Kinderspiel.

Tja, ein Spiel ohne jede Regel.

Brant war so wild, so unberechenbar, dass man ihn eigentlich bloß beobachten musste, bis einem die Beweise in den Schoß fielen, und Bingo, er wäre weg vom Fenster. Aber Brant hatte Wind davon bekommen, und seitdem war McDonalds Karriere im Arsch. Er baute nur noch Scheiße, und hinter jeder neuen Katastrophe blitzte Brants höhnisches Lächeln auf. Der allerletzte Versuch, sein Heldentum unter Beweis zu stellen, war komplett in die Hose gegangen, und McDonald wurde dabei auch noch angeschossen. Die Met hatte gerade Ärger am Hals und brauchte gute Presse, deswegen stellte man McDonald als eine Art halbgarer Held dar. Er behielt seinen Job, wurde aber zum Gespött der Kollegen. Ein Aussätziger in Uniform, um den alle einen weiten Bogen machten, und der Super wartete nur noch den richtigen Moment ab, um ihn klammheimlich in die Versenkung zu befördern.

Seitdem bekam McDonald die ganze Drecksarbeit aufgehalst; was man normalerweise Rekruten überließ, landete jetzt bei ihm. Sein derzeitiger Auftrag? Vor Einkaufszentren rumstehen und mies gelaunten Passanten den Weg erklären. Er brauchte was Großes, was Epochales, um seine Karriere wieder in die richtigen Bahnen zu lenken, aber ihm fiel nichts ein. Langsam begann er sich mit seinem Schicksal abzufinden und hatte bereits ein paar Jobanzeigen für Wachmänner gelesen, die unterste Stufe auf der polizeilichen Dienstleiter in die Hölle.

WPC Andrews war das genaue Gegenteil von McDonald. Sie war noch relativ neu, hatte den Durchbruch gehabt, von dem er träumte, war Heldin wider Willen geworden, und sogar Falls, die bei niemandem weich wurde, schien sie fast zu mögen. Als Andrews von Brant erfuhr, fing sie an zu weinen, sie glaubte immer noch an den Scheißspruch, einer für alle, alle für einen. Und brachte es tatsächlich Chief Inspector Roberts gegenüber zum Ausdruck, der sie ansah, als wäre sie irre. Sie schob es auf den Schock, sie wusste ja, wie nahe er Brant stand.

Nah!

Das wäre zu viel des Guten. Sie hatten eine lange gemeinsame Vergangenheit, mehr schlecht als gut, aber immerhin bestand eine Beziehung. Brant schaffte es immer wieder, Roberts in Erstaunen zu versetzen; die Risiken, die er einging, und seine ganze Einstellung zur Welt faszinierten und entsetzten Roberts. Der Chief Inspector starrte Andrews an, ihr frisches Gesicht, die ganze »Packen wir's an«-Haltung, und wollte ihr sagen, dass ihn nicht schockierte, dass Brant niedergeschossen worden war, sondern überraschte, dass es erst jetzt passiert war. Wer so dicht am Abgrund tanzte wie Brant, den erwischten sie irgendwann, und das waren noch die guten Jungs.

Er fragte:

»Ich bin auf dem Weg ins Krankenhaus. Wollen Sie mit?«

Sie war entzückt. So konnten sie Vertrauen und Bindung aufbauen, durch Trauer und Mitgefühl zusammengeschweißt, und er war nicht unattraktiv, außerdem würde es ihrem Ruf nutzen.

Auf dem Weg nach draußen rief Foley, der Diensthabende, Roberts' Namen, der ihn dafür anfuhr:

»Nicht jetzt, verdammt noch mal, Brant wurde niedergeschossen.«

Foley wollte protestieren:

»Ey, reißen Sie mir nicht den Kopf ab. Glauben Sie etwa, mir tut das nicht weh, ich würde nicht bluten, ich wäre kein Mensch?«

Er hatte vor Kurzem *Der Elefantenmensch* gesehen und war tief bewegt gewesen. Noch mehr weinerliches Zeug kam ihm in den Sinn, aber das würde nicht gut ankommen, er hob es sich für seine Frau auf, wer weiß, vielleicht würde er mal wieder einen Mitleidsfick abbekommen. Stattdessen schlug er einen offiziellen Tonfall an, damit dem Mistkerl klar war, dass es um was Wichtiges ging, sagte:

»Sir, ich würde Sie in einem solchen Augenblick eigentlich niemals belästigen ...«

Machte eine Pause.

Legte seine ganze Härte in die Worte:

»Aber der Anrufer sagt, er habe Informationen über das Attentat.«

Roberts sah aus, als wollte er ihn schlagen, und der Sergeant wich ein Stück zurück. Roberts schnauzte:

»Und kein anderer auf dem ganzen Revier kann den Anruf annehmen? Jeder Idiot in Südost-London wird sich an die Strippe hängen und behaupten, er wär's gewesen. Sie sind doch bestimmt in der Lage, sich darum zu kümmern, schließlich sitzen Sie schon lange genug mit dem Arsch auf diesem Stuhl.«

Die Verachtung für ihn als Schreibtischtäter wurde nicht überhört, und der Sergeant ließ sich einen Moment lang Zeit, bevor er mit eisiger Stimme sagte:

»Ja, Sir, und ich hätte Sie in diesem Moment höchster Dringlichkeit nicht aufgehalten, aber der Anrufer hat namentlich nach Ihnen verlangt, und die Erfahrung der vielen Jahre auf meinem … Hinterteil … sagt mir, dass er echt ist.«

Damit war er recht zufrieden, es schien auszudrücken:

»Fick dich, Jack, und zwar kreuzweise.«

Roberts seufzte, schubste den Sergeant aus dem Weg, griff zum Hörer, fauchte:

»Roberts hier.«

Hörte:

»Ich störe Sie so ungern in diesem entsetzlichen Moment.«

Die Stimme war sonor, kultiviert, sprach in dem, was man früher als BBC-Akzent bezeichnet hätte, und klang außerdem extrem vornehm. Sie ging Roberts sofort auf die Nerven. Er schnauzte:

»Sie haben Informationen über eine Schießerei?«

Seine Ungeduld und Anspannung waren spürbar und wurden mit einem tiefen Glucksen erwidert, nicht mit Gelächter, nein, so klang jemand, der sich über diese Reaktion freute. Er äffte Roberts nach:

»*Eine Schießerei?* Sie scherzen, mein Lieber. Ganz sicher ist es *die Schießerei*, oder überschätze ich die Bedeutung unseres tüchtigen Detective Sergeant Brant?«

Roberts hielt den Hörer so fest umklammert, dass ihm die Hand wehtat. Er versuchte, sich insgesamt zu entspannen, fragte:

»Sie haben Informationen, ist das richtig?«

Wieder das Glucksen, ein echter Spaßvogel, dann:

»Tja, alter Knabe, das ist kein rein freundschaftlicher Anruf, auch wenn ein solcher sicher nett wäre, ich habe tatsächlich Informationen. Stünde eventuell ein finanzieller Anreiz zur Verfügung dafür, dass ich, wie man sagt, ›aus dem Nähkästchen plaudere‹?«

Roberts gab dem Diensthabenden ein Zeichen, den Anruf nachzuverfolgen. Der Sergeant ignorierte es, tat so, als wüsste er nicht, was Roberts ihm mit seinem wütenden Gefuchtel sagen wollte. Mal sehen, wie ihm das schmeckte, mies behandelt zu werden.

Roberts sprach in den Hörer:

»Jeder Bürger, der die Polizei unterstützt, kann sich der vollen Dankbarkeit der Met gewiss sein.«

Selbst Roberts war klar, dass das Stuss war, und der Typ sagte:

»Ts, ts, Chief Inspector, die Parteilinie, wie? Bei meinem nächsten Anruf erwarte ich eine detailliertere Antwort.«

Roberts wurde fast panisch, drängte:

»Was sind das für Informationen? Woher weiß ich, dass Sie nicht irgendein Irrer sind?«

Stille, Roberts dachte schon, der Typ wäre nicht mehr dran, dann:

»Sie werden sehen, dass es sich bei der Waffe um eine Browning Automatik handelt, das gesamte Magazin … kam zum Einsatz … und ich entschuldige mich zutiefst für den recht … wie soll ich sagen … schießwütigen Theaterdonner, aber gutes Personal ist schwer zu finden, das kennen Sie sicher auch. Sollte ein zweites Mal vonnöten sein, werde ich versuchen, mehr Finesse walten zu lassen.«

Roberts merkte, dass er schwitzte, versuchte es mit:

»›Ein zweites Mal.‹ Was zum Teufel soll das heißen?«

Rauschen im Hörer, dann sagte der Typ:

»Sollte unser geliebter Sergeant Brant nicht den Löffel abgegeben haben, müssen wir es noch einmal versuchen, Beharrlichkeit ist schließlich eine Tugend. Erst mal adieu, scheiden tut weh.«

Roberts wollte brüllen: »*Adieu, scheiden tut weh*«? Wer zum

Teufel redete so, der nicht mindestens hundert Jahre alt war. Er keuchte:

»Aber wieso, wieso Sergeant Brant?«

Ein volles Baritonlachen, dann:

»Ihre Bemühungen, mich an der Strippe zu halten, sind bewundernswert, aber ein bisschen amateurhaft, und was das Wieso angeht, wirklich, Chief Inspector, fällt Ihnen irgendjemand ein, der unseren Pechvogel nicht erschießen will?«

Klick.

Der Mistkerl war weg.

Roberts fuhr herum und brüllte den Schreibtischtäter an:

»Haben Sie ihn verfolgt?«

Der Sergeant fragte:

»Ach, wollten Sie das?«

Roberts wäre fast über den Tisch gesprungen, zügelte sich ein wenig, sagte:

»Das wollte ich Ihnen mit meinen Gesten klarmachen, Sie verdammter Idiot.«

Der Sergeant zögerte keine Sekunde, sagte:

»Ach, ich dachte, Sie hätten um einen Tee gebeten? Soll ich Ihnen eine schöne Tasse bringen lassen, Sie wirken ein wenig angespannt?«

Roberts drehte sich auf dem Absatz um, fuhr Andrews an:

»Was stehen Sie da rum, holen Sie den verdammten Wagen.«

Andrews fand es ein starkes Stück, dass sie jetzt seinen Ärger abbekam, behielt den Gedanken aber für sich.

Roberts tröstete sich damit, dass alle auf dem Revier eingehenden Anrufe routinemäßig aufgenommen wurden, vielleicht ließ sich da was rausziehen. Er befahl dem Diensthabenden, die Bänder in sein Büro zu bringen ... zack, zack!

Der Diensthabende murmelte:

»*Sieg Heil.*«

3

Falls schwankte zwischen Hochgefühl und Depression. Eben noch wollte sie in Triumphgeheul ausbrechen, dann stürzte sie krachend in die Tiefe. Sie hatte die Sergeantprüfung bestanden, im dritten Anlauf.

Na ja, bei der Sergeantprüfung geschummelt.

Brant hatte ihr die Prüfungsfragen besorgt. Als er ihr mit diesem Angebot gekommen war, hatte sie den erforderlichen Protest eingelegt. Nämlich:

»Oh, das kann ich nicht machen.«

Brant lächelte sein Wolfslächeln, sagte:

»Okay, aber dann fällst du wieder durch, und wie du weißt, Babe, gibt es keine vierte Chance.«

Beidem musste sie leider zustimmen, aber sie sagte:

»Ich habe gelernt, mir wirklich Mühe gegeben.«

Brant lachte laut, sagte:

»Blödsinn. Du bist schwarz, die Minderheitenquote ist bereits erfüllt, und du hast eine echt … *bunte* … Akte.«

Dem ließ sich nicht widersprechen, sie hatte sich mehr Fehltritte geleistet als Liza Minnelli, also hatte sie fragen müssen:

»Und was kostet mich das?«

Wer mit Brant Geschäfte machte, zahlte immer drauf, und zwar richtig, wenn es bloß Geld gewesen wäre, aber nein, man musste sich kompromittieren. Er sagte:

»Ich überleg mir was.«

Sie fragte:

»Wie kommen Sie an die Fragen ran?«

Er lachte laut, dann:

»Willst du das wirklich wissen?«

Wollte sie nicht, und er sagte:

»Hab ich mir gedacht.«

Und fügte hinzu:

»Sergeant.«

Und hier war nun die offizielle Bestätigung. Nach all den Jahren des Schuftens war sie Sergeant Falls. Einst war sie der feuchte Traum des Reviers gewesen, alle Cops waren heiß auf sie, und ihr Schwarzsein erhöhte nur die Attraktivität. Aber der Job hatte sie fast in einen weiblichen Brant verwandelt, und ihre Beliebtheit war im Eimer. Jetzt war die neue Bitch, Andrews, der heiße Scheiß. Falls war zum Opfer von Koks und Alkohol geworden, und sie wusste, dass man sie verdächtigte, am Tod eines berüchtigten Cop-Killers beteiligt gewesen zu sein. Sie hatte es hingekriegt, die gesamte Episode aus ihrem Kopf zu verdrängen.

Manchmal sah sie in Albträumen einen Hammer vor sich, und wenn sie schweißgebadet aufwachte, war sie entschlossen, nicht darüber nachzudenken, murmelte:

»Nur noch mehr Scheiße.«

Die Vergangenheit war weniger ein fremdes Land als ein Minenfeld des Horrors. Sie schüttelte sich, um das schlechte Karma aus ihrer Psyche zu bekommen, flüsterte:

»Weitermachen, Mädel.«

Konzentrierte sich auf ihren neuen Status ... Sergeant ... Sergeant Falls, das klang doch nach was, nach Siegerin. Das Telefon klingelte, sie tippte auf Brant. Der Preis, den es zu zahlen galt. Es war Porter Nash. Früher waren sie beste Freunde gewesen, Minderheiten im Schulterschluss.

Hatte nicht gehalten.

Schade drum.

Porter Nash kam direkt zur Sache, sagte:

»Brant wurde niedergeschossen.«

Das traf sie wie ein … Hammerschlag?

Ihr Verstand brauchte einen Moment, und sie fragte:

»Ist er …?«

Porter sagte:

»Er ist auf der Intensiv. In ein paar Stunden wissen wir mehr.«

Er nannte ihr das Krankenhaus, und sie versprach, sofort zu kommen. Erst als sie aufgelegt hatte, fiel ihr ein, dass sie vergessen hatte, Porter von ihrer Beförderung zu berichten. Würde wohl keine Party geben, und voller Selbsthass kam ihr der Gedanke, dass sie Brant vielleicht nichts würde zurückzahlen müssen, dann sagte sie laut:

»Reiß dich zusammen, Sergeant.«

Was anziehen für einen Besuch im Krankenhaus? Sie entschied sich für das Dienstfreizeit-Outfit: Jeans, einfaches Sweatshirt, Sneakers, aber halt, Moment. Krankenhaus, süße Ärzte, stimmt's? Sie griff zu einem kurzen Rock, dazu halbhohe Schuhe, ein bisschen heller Lippenstift und ihre beste Jacke, ein schwarzer Blazer, der ihre Hautfarbe hervorhob und ihr einen lässig-beiläufigen Stil verlieh, der nichts von den Stunden der Pein verriet, die er gekostet hatte. Bei ihrem Anblick würden die Ärzte sagen:

»Stoppt die Herzmassage.«

Klar, genau so würde es laufen.

Als sie mit totaler Konzentration in den Spiegel schaute, entdeckte sie neue Falten um die Augen herum und log:

»Lachfältchen, was sonst.«

Ihr Leben war so ein *Spaß* gewesen. Es war nur überraschend, dass sie nicht noch mehr hatte, also Falten. An ihrem Wagen, einem halbwegs neuen Datsun, steckte ein Umschlag unter dem Scheibenwischer, sie tippte auf Pizzawerbung oder Ähnliches, bis sie die Handschrift sah:

LIEBSTE

Mit schwerem Herzen stieg sie in den Wagen, sah sich nervös um und gab Gummi.

4

Im Krankenhaus angekommen, bemerkte Falls sofort die vielen Cops, überall Cops, und Thermosflaschen.

Und Nutten.

Eine ganze Schar.

So viele Nutten auf einem Haufen hatte Falls seit ihrer letzten Streife am Kings Cross nicht mehr gesehen, und noch bemerkenswerter war, wie still sie waren.

Stille und Nutten passten eigentlich nicht zusammen. Falls kannte die Älteren, ging hin, fragte:

»Was ist los, Mädels?«

Die Jüngeren sahen sie höhnisch an, aber Beth, eine Altgediente, sagte:

»Wir sind wegen Brant hier.«

Wenn die Presse davon Wind bekam. Falls wusste, dass Brant entzückt sein würde, fragte:

»Gibt's was Neues?«

Beth warf einen Blick in Richtung Cops, die in einer Ecke standen, sagte:

»Klar, die Wichser halten uns natürlich auf dem Laufenden.«

Falls lächelte fast, und Beth fügte hinzu:

»Die meisten haben einen Heidenschiss, dass ich sie beim Vornamen ansprechen könnte, und vielleicht tu ich das noch.«

Falls sagte, sie würde mal sehen, was sie in Erfahrung bringen konnte, und Beth betrachtete sie, sagte:

»Lass den Blazer weg.«

Porter löste sich aus der Gruppe der höheren Tiere, kam auf Falls zu, fauchte:

»Wieso bist du jetzt erst hier?«

Falls wusste von der seltsamen Freundschaft zwischen ihm und Brant, aber das musste er nicht an ihr auslassen. Sie schnauzte zurück:

»Du hast mich vor zwanzig Minuten angerufen. Glaubst du, ich hab Flügel?«

Er gab nach, sagte:

»Es gibt nichts Neues, er ist immer noch auf der Intensiv, ich muss aufs Revier, aussagen, ich war dabei, als Brant niedergeschossen wurde.«

Falls ging in Cop-Modus, fragte:

»Hast du den Angreifer gesehen?«

Porter sagte müde:

»Es ging so schnell, ich hab nichts mitbekommen.«

Falls dachte kurz nach und sagte im Weggehen:

»Bloß die eigene Haut retten.«

Roberts traf mit Andrews im Schlepptau ein, betrachtete verblüfft die Nuttenversammlung, ging zu den Polizisten, sagte:

»Schafft die hier raus.«

Ein jüngerer Cop sagte:

»Sie könnten Theater machen.«

Roberts sah ihn direkt an, sagte:

»Halt den Mund, sorg für Ordnung.«

Er griff sich Porter, hörte sich an, wie das Attentat abgelaufen war, dann:

»Der Angreifer hat angerufen.«

Porter war erstaunt, fragte:

»Hat er gesagt, warum?«

Roberts konnte die Dämlichkeit nicht fassen, sagte:

»Weil es Brant ist, was glauben Sie denn?«

Roberts fragte, ob Brant Familie hätte, und Porter sagte:

»Wir dachten, das würden Sie am ehesten wissen, schließlich sind Sie ja befreundet und so.«

Roberts wischte das beiseite, sagte:

»Brant hat keine Freunde. Haben Sie denn gar nichts gelernt?«

Immerhin wusste Roberts, dass Brant mal verheiratet gewesen war, ließ einen Officer recherchieren, bekam die Nummer der Ex, und Porter bot an:

»Wenn Sie möchten, Sir, kann ich den Anruf übernehmen.«

Ein Versuch, Boden gutzumachen, er hatte schon immer das Gefühl gehabt, Roberts würde ihn nicht mögen.

Er hatte recht.

Roberts, das Handy in der Hand, hielt inne, fragte:

»Kennen Sie sie?«

»Nein, Sir.«

»Warum zum Teufel sollten *Sie* sie dann anrufen?«

Wandte sich ab und wählte die Nummer, eine Frau antwortete. Er erklärte, wer er war, und beschrieb in, wie er hoffte, mitfühlendem Ton, was passiert war, sie schnitt ihm das Wort ab:

»Lebt er noch?«

»Ja, Gott sei Dank …«

»Rufen Sie mich wieder an, wenn er tot ist.«

Verblüfft starrte Roberts das Handy an. Porter lungerte neben ihm rum, fragte:

»Wie hat sie es aufgenommen?«

»Richtig gut. Sie klang, als hätte sie im Lotto gewonnen.«

Es heißt ja, alle Bullen sind Schweine. Sind sie nicht – aber die,
die es sind, sind saugut darin.
– Charlie Kray

5

Terry Dunne war nervös. Kein gutes Gefühl für einen Auftrags-mörder. Er war seit über zwei Jahren im Geschäft, genoss einen recht guten Ruf, den er langsam und stetig ausbaute. Er hatte ein paar Kriminelle erledigt, Typen, die sich mit den Falschen angelegt hatten, gierig geworden waren und aus dem Weg geräumt werden mussten. Keine Zivilisten und bisher auch keine Bullen. Die Cops schienen es fast als eine Art Dienstleistung zu betrachten, wenn man ihnen die Bösewichte vom Hals schaffte. Also war er unter dem Radar geblieben, sein Name nur denen bekannt, die ihn wissen mussten.

Als er den Auftrag für Brant bekommen hatte, hätte er fast ab-gelehnt. Ein Cop war eine ganz andere Liga, und die Konsequen-zen waren krass, aber wenn man vorankommen wollte? Wer Brant abknallte, würde zur Legende werden und konnte das doppelte, ach was, dreifache Honorar verlangen. Jeder größere Kriminelle in Südost-London wollte Brant aus dem Weg geräumt haben. Aber der Scheißkerl hatte ein Teufelsglück, oder vielleicht lag es an sei-nen irischen Genen. Terry hatte eingewilligt, den Auftraggeber des Mordes zu treffen, war auf der Clapham Road von einem BMW abgeholt worden, in dem nur ein Mann saß, der Fahrer.

Er hatte die Tür geöffnet, gefragt:

»Terry Dunne?«

Als Terry nickte, sagte der Mann:

»Springen Sie rein, mein Bester.«

Sprach's wie ein alter Tory und sah auch so aus. Mitte vierzig, rote Wangen, große Nase, Knopfaugen, und er verströmte eine ge-wisse … wie wurde das in den vornehmen Zeitungen genannt …

genau, *Bonhomie*. Das Wort hatte Terry beim Scrabble mit seiner Mutter gelernt. Die kannte sich aus mit diesen Froschwörtern, und ihm gefiel der Klang, er benutzte sie bei jeder sich bietenden Gelegenheit. Wobei sich in den Pubs von Brixton, Kennington, Stockwell nicht viele Gelegenheiten boten. Es sei denn, man wollte als Schwuchtel gelten. Wer so ein Wort aussprach, trug besser eine Knarre bei sich.

Der Mann fuhr nach Canary Wharf, fragte dabei:

»Sie sind doch nicht in Eile, mein Bester, oder?«

Nicht, solange er bezahlt wurde, und als hätte er seine Gedanken gelesen, sagte der Mann:

»Ihre Zeit wird selbstverständlich großzügig vergütet.«

Terry sah ihn sich genau an, natürlich heimlich, Neugier zahlte sich nicht aus. Er fragte sich, ob der Mann nur der Bote war, bezweifelte es aber, er wirkte wie der wahre Jakob, was Terry überraschte, normalerweise waren immer alle möglichen Mittelsmänner involviert. Der Mann stoppte am Kai geschmeidig ab, fragte:

»Sind Sie im Bilde über Detective Sergeant Brant?«

Brant?

Fuck.

Er sagte:

»Wer ist das nicht?«

Der Mann gab ein lautes Lachen von sich, viel zu laut und forciert (ha!) für eine im Grunde wahrheitsgemäße Antwort. Er sagte:

»Touché, gut gebrüllt, mein lieber Löwe. Dann müssen wir uns nicht mit Erklärungen und Begründungen herumplagen, auch wenn Gründe Sie nicht groß interessieren dürften, gehe ich da recht in der Annahme?«

Terry musste sich konzentrieren, um dem Mistkerl folgen zu können. Beließ es bei: »Ja.«

Ehrlich gesagt war der Mann ihm unheimlich. Man wusste einfach, wenn man ihn berührte – und wem wäre danach? –, wäre er eiskalt. Der Mann zog ein flaches goldenes Zigarettenetui hervor, nahm einen langen Zigarillo heraus, bot das Etui Terry an, der den Kopf schüttelte. Der Mann fragte:

»Stört es Sie?«

Als ob ihn das stören würde.

Terry sagte mit einem leichten Anklang von Ungeduld:

»Ihr Geld, Kumpel.«

Der Mann machte ihn nach.

»›Kumpel‹. Das gefällt mir, das hat etwas von genuiner Arbeiterklasse, ich glaube, Sie sind ein echter Pfiffikus, *mon ami*.«

Er steckte sich den Zigarillo mit einem goldenen Zippo an, das Schnappen des Feuerzeugs wirkte laut und endgültig. Er blies eine Rauchwolke aus, dann:

»Nun, zum Geschäftlichen, Sie haben sicher viel zu tun, ich werde Ihnen zehntausend zahlen, um den … erwähnten Knaben aus der Welt zu schaffen. Zwei sofort, den Rest nach Vollzug.«

Terry hielt die Zeit für gekommen, die Zügel in die Hand zu nehmen, sagte:

»Mh mh, ich bekomme die Hälfte vorweg.«

Der Mann drehte sich in seinem Sitz um, ließ Terry seine Augen sehen, ausgewaschenes Blau, wie gebleicht. Mit reinem Eis in der Stimme sagte er:

»Ich verhandle nicht mit Hilfskräften. Normalerweise bekommen Sie fünf für alles, ich biete Ihnen das Doppelte.«

Terry war eingeschüchtert, aber als er auf dem Sitz hin und her rutschte, verlieh ihm die Browning an seinem Gürtel neuen Mut, und er sagte:

»Er ist Bulle und noch dazu sehr bekannt.«

Der Mann ließ das Fenster herunter, warf den Zigarillo weg, sagte:

»Raus.«

Terry musste schnell überlegen, sagte hastig:

»Drei jetzt.«

Der Mann sah starr geradeaus, wiederholte:

»Ich verhandle nicht.«

Terry dachte, verdammte Scheiße, und sagte:

»Okay.«

Und dann versaute Terry alles, verballerte das gesamte Magazin auf Brant, und wie es hieß, war das Arschloch noch am Leben, zwar auf der Intensivstation, aber … nicht tot. Und jetzt musste sich Terry mit dem feinen Pinkel treffen. Ging nicht davon aus, den Rest des Geldes zu sehen. Er lud die Browning neu, steckte sie in seine Jacke, begab sich zur Clapham Road und wartete.

Der BMW war auf die Sekunde pünktlich, und er stieg ein, seine Entschuldigungen und das Versprechen, den Job zu beenden, schon auf den Lippen … und fuck.

Zu seinem Erstaunen war der Mann entspannt, fragte:

»Und wie geht's uns heute?«

Er klang geradezu heiter, vielleicht hatte er rausgefunden, dass Brant doch noch abgekratzt war? In diesem Business wusste man nie, Glück kam selten, war aber möglich. Seine Anspannung ließ ein My nach, er sagte:

»Ist leider ein bisschen schiefgelaufen.«

Der Mann lachte, tätschelte tatsächlich Terrys Knie, sagte:

»Hey, kein Problem, mein Junge. Kann uns allen mal passieren.«

Terry fragte sich, ob der Typ eine Schwuchtel war, wie viele Jungs aus den Privatschulen, Sodomie gehörte zum Lehrplan. Sie fuhren wieder nach Canary Wharf. Der Mann hielt auf einer Brache, sah sich um, sagte:

»Keine neugierigen Blicke, man muss die gebotene Sorgfalt einhalten.«

Terry berichtete, was passiert war, dass eine Frau ihn unerwartet angerempelt hatte. Der Mann hörte zu, seine Miene zeigte Verständnis. Dann fragte er:

»Haben Sie die Waffe bei sich?«

Terry war nicht sicher, wohin das führte, sagte:

»Ähm, ja.«

»Darf ich mal sehen?«

Terry zog die Waffe hervor, und der Mann streckte die Hand aus, sagte:

»Ich gehe davon aus, dass sie geladen ist?«

Widerwillig überließ Terry ihm die Waffe, sagte:

»Klar.«

Der Mann untersuchte sie, sagte:

»Sieht alles in Ordnung aus, muss an Ihnen liegen.«

Terry brauchte einen Moment, dann sagte er:

»Ich bringe es zu Ende, machen Sie sich keine Sorgen.«

Der Mann sah ihn direkt an, fragte:

»Sehe ich aus, als würde ich mir Sorgen machen?« Dann schoss er Terry drei Mal in den Bauch und sagte:

»Sehen Sie, funktioniert einwandfrei.«

Terry sah das Blut aus seinem Bauch fließen und die gute Jeans ruinieren, er wusste, dass das nur schwer wieder rausgehen würde, dann sagte der Mann:

»Bauchschuss, soll qualvoll sein, stimmt das?«

Es stimmte.

Der Mann lehnte sich rüber, stieß Terry aus dem Wagen, stieg selbst aus und sagte:

»Nennen wir es Frühpensionierung, und hier kommt Ihr Bonus.«

Ballerte Terry noch zwei in den Schädel. Betrachtete den Toten, sagte:

»Gute Güte, was für eine Sauerei.«

Er stieg in den Wagen, legte den Rückwärtsgang ein, wendete und fuhr langsam von dannen. Dabei summte er den Marsch aus *Die Brücke am Kwai*, eins seiner Lieblingsstücke.

6

McDonald fror sich die Eier ab. Das kalte Wetter war mit gottverdammter Macht reingebrochen, und egal, wo er stand, die Kälte fand ihn und kroch in ihn hinein. Er war vor dem Einkaufszentrum in Balham positioniert und überlegte gerade, ob er es wagen sollte, sich drinnen einen Kaffee zu holen, als ein Trupp Hoodieträger vorbeikam, Teenager, die sich Kapuzen über den Kopf gezogen hatten, um ihre Gesichter zu verbergen. Man wusste nicht mal, ob da Männlein oder Weiblein drunter steckte. Einer spuckte ihm im Vorbeigehen auf die Schuhe.

Er drehte durch, packte die Gestalt, stieß sie gegen die Wand, sagte:

»Wenn du auf Spielchen stehst, wie wär's mit dem hier, nennt sich Headbanging.«

Er ließ los, die Kapuze war verrutscht, ein Mädchen zum Vorschein gekommen, blutjung und die Stirn blutverschmiert, einer der Jungs greinte:

»Warum ham Se das gemacht?«

McDonald lächelte, sagte:

»Weil ich kann, und jetzt verschwindet.«

Sie schlurften unter düsterem Gemurmel von dannen. Ein Rentner hatte alles mitangesehen, und McDonald dachte, super, der alte Sack wird mich sicher melden. Machte es ihm was aus? Kaum. Der Mann sagte:

»Ich möchte Ihnen die Hand schütteln.«

Und tat es.

McDonald sagte erstaunt:

»Danke sehr.«

Der Mann strahlte, sagte:

»Dieser Kampfgeist hat Britannien groß gemacht.«

McDonald fragte:

»Möchten Sie eine Tasse Tee, ein Schinkensandwich?«

• • •

Roberts und Porter waren immer noch im Krankenhaus, ein Arzt kam zu ihnen, fragte:

»Wer ist der Vorgesetzte?«

Er sah Porter an, als wüsste er, dass er es war, also sagte Porter:

»Das ist Chief Inspector Roberts.«

Der Arzt war enttäuscht, seufzte, sagte zu Roberts:

»Wir haben die Kugel rausbekommen, und er kommt wieder auf die Beine, aber vorsichtshalber behalten wir ihn noch vierundzwanzig Stunden lang auf der Intensiv.«

Roberts atmete aus, hatte nicht gemerkt, wie angespannt er gewesen war, und Porter sagte:

»Gott sei Dank.«

Der Arzt fragte:

»Ist seine Familie verständigt worden?«

Ehe Porter etwas sagen konnte, antwortete Roberts:

»Wir sind seine Familie.«

Der Arzt dachte, *armer Teufel,* und Roberts fragte:

»Was ist mit Kopfschmerzen?«

Der Arzt stutzte, sagte:

»Er wurde in den Rücken geschossen, ich glaube nicht, dass das unbedingt Kopfschmerzen auslöst.«

Roberts starrte ihn an, sagte:

»Nicht Brant. Ich, mir platzt der Kopf.«

Der Arzt hielt inne, dann:

»Im Erdgeschoss finden Sie eine Apotheke.«

Und marschierte davon.

Roberts sagte:

»Blöder Angeber.«

Porter sagte:

»Der Superintendent ist nicht gekommen.«

Roberts sagte:

»Er weiß nichts davon.«

Porter konnte es nicht glauben, sagte:

»Das glaube ich nicht. Müsste er nicht informiert werden?«

Roberts rieb sich das Gesicht, wirkte müde, sagte:

»Wenn Sie meinen, rufen Sie ihn an.«

Es dauerte ein bisschen, den Superintendent ausfindig zu machen, aber schließlich bekam Porter von einer wütenden Sekretärin seine Handynummer, die zugleich warnte:

»Sie haben hoffentlich einen guten Grund, ihn zu stören.«

Und legte auf.

Der Superintendent meldete sich mürrisch:

»Wer zum Teufel ist da?«

Kein guter Anfang, Porter blieb wacker:

»Hier ist Porter Nash, Sir.«

Kurzes Schweigen, dann:

»Ich bin mitten in einer Golfpartie. Hoffentlich ist es wichtig.«

Porter atmete tief durch, sagte:

»Sergeant Brant wurde niedergeschossen.«

Jetzt kein Zögern:

»Ist er tot?«

»Nein, Sir, er kommt Gott sei Dank durch.«

Porter hörte Brown mit jemandem reden und nahm an, er würde bereits alle Hebel in Bewegung setzen, die Truppen mobilisieren, dann sagte Brown:

»Sie mögen Gott danken, Jungchen, andere sehen das anders.«

Porter wusste, dass Brant Brown und den hohen Tieren ein stetiger Dorn im Auge gewesen war, aber zumindest hätte er geheuchelte Betroffenheit erwartet.

Nö.

Würde nicht kommen. Er bemühte sich, nicht wütend zu klingen, fragte:

»Möchten Sie die Einzelheiten des Anschlags wissen, Sir?«

»Meinen Sie, das würde meine Chancen verbessern, mit weniger als zwei Schlägen aufs Green zu kommen?«

Roberts starrte Porter an, er schien zu wissen, wie es lief, und Porter sagte:

»Nein, Sir, ich glaube nicht, dass das Ihre … Leistung verbessert.«

Porter mochte sich irren, aber hörte er da etwas, das verdächtig nach einem Kichern klang?

Brown sagte:

»Erzählen Sie's Roberts, der ist mit Brant befreundet, falls man bei einem Tier wie Brant von so was reden kann. Was ich persönlich bezweifle.«

Klick.

Roberts sah Porter das Handy in seine Handfläche klatschen, sagte:

»Er war überaus besorgt, nehme ich an.«

Porter wollte irgendwen schlagen, sagte:

»Er war voller Scheiße, das war er.«

Roberts fand, dass für Porter noch Hoffnung bestünde, und fragte, ob er Lust auf ein Bier habe? Und zu seinem Erstaunen nahm Porter an und gab den Pflegern auf der Station seine Nummer, falls sich irgendwas ändern sollte. Auf dem Weg nach draußen hielt sie ein großer Mann an und fragte mit Ami-Akzent:

»Wie geht's unserem Jungen?«

Porter sagte:

»Er kommt durch, wollen Sie mit, einen Gerstensaft trinken?«

»Ist das so was wie Bier?«

Roberts war mit seiner Geduld am Ende und schnauzte:

»Sehen wir aus, als würden wir Tee trinken wollen?«

Und ging weiter. Der Ami sah Porter an, der nur den Kopf schüttelte und ihm bedeutete, einfach mitzukommen.

Was er tat.

Sie gingen in den Black Lion, den kürzlich ein pensionierter Cop namens Sully übernommen hatte. Setzten sich an einen der hinteren Tische, und Sally kam angehinkt, der Grund für seine Pensionierung. Er sagte:

»Tut mir echt leid, das mit Brant.«

Roberts sagte:

»Ja, bringen Sie mir einen großen Scotch und was immer die Herren hier wollen?«

Der Ami erkundigte sich lang und breit nach dem Bierangebot, und Roberts sagte:

»Hey, wird das bald mal was, wir haben einen verdammt langen Tag hinter uns. Wollen Sie was trinken oder eine Scheißkolumne über Bier schreiben?«

Der Ami war entzückt, Feindseligkeit war sein Lebenselixier. Er sagte:

»Bringen Sie mir ein Pint von dem Bitter, das ihr hier trinkt, und vielleicht geht's ja sogar gekühlt.«

Sully sagte:

»Keine Chance.«

Porter bestellte einen Gin und Slimline Tonic, die anderen beiden bedachten ihn mit vernichtenden Blicken.

Während sie auf die Getränke warteten, stellte sich Schweigen ein. Roberts trommelte mit den Fingern auf dem Tisch herum und machte alle, vor allem sich selbst, wahnsinnig, aber niemand beschwerte sich.

Porter sagte:

»Ich würd zu gern an 'ner Fluppe ziehen.«

Seit bei ihm Diabetes diagnostiziert worden war, war es mit dem

Rauchen vorbei, aber das änderte nichts an dem Bedürfnis, das war eher schlimmer geworden. Roberts lachte, und Porter ging auf, was er gesagt hatte … dachte, *oh, oh, 'ne Fluppe für die Schwuppe.* Die Spannung ließ nach, der Ami hielt Roberts die Hand hin, sagte:

»Wir sind uns noch nicht begegnet, ich bin L.M. Wallace, und Sie sind Roberts, der Chief Inspector?«

Roberts ergriff widerwillig die Hand, erwiderte:

»Ich weiß, wer Sie sind, Sie sagen uns, was wir zu tun haben – genau was wir brauchen.«

Die Getränke kamen, Roberts griff nach seiner Brieftasche, aber Wallace kam ihm zuvor, sagte:

»Geht auf mich.«

Er hob sein Pint, beäugte es, sagte dann:

»Ich bin nicht hier, um Ihnen irgendwelche Vorschriften zu machen, Buddy. Ich bin in beratender Funktion hier, war nicht meine Idee, das kann ich Ihnen flüstern, ich wäre lieber zu Hause und könnte miterleben, wie die Yankees den Arsch vollkriegen.«

Porter hob sein Glas, sagte:

»Hey, auf gute Zusammenarbeit, ja?«

Roberts trank seinen Shot in einem Zug aus, rief:

»Sully, noch mal das Gleiche.«

Wallace stieß sein Glas gegen Porters, sagte:

»Schau mir in die Augen, Bro.«

Er kippte den Großteil des Pints in einem Schluck runter, sagte:

»Jesus H. Christ, was für 'ne Pisse.«

Lehnte sich dann zurück, fragte:

»Also, wer hat Ihren Sergeant abgeknallt?«

Sind wir alle schamlose Lügner?
– Jonathan Aiken, eingekerkerter Tory-Minister

7

Falls hatte das Krankenhaus endlich verlassen. Die Krankenschwester hatte gesagt, Brant gehe es gut, und sich *den* Blick von
Falls eingefangen, dazu die Frage:

»Ihm wurde vor ein paar Stunden in den Rücken geschossen,
und es geht ihm gut?«

Die weiße Schwester wurde bei Schwarzen immer etwas nervös,
die schienen oft so wütend zu sein. Sie probierte es damit:

»Das sagen wir so, wissen Sie, um die Verwandten zu beruhi-
gen.«

Falls gönnte sich den Spaß, die Schwester zu verarschen, und
fragte:

»Haben Sie bemerkt, dass Sergeant Brant weiß ist?«

»Ähm … ja.«

Falls ließ sich Zeit, dann:

»Also, wie bin ich Ihrer Meinung nach mit ihm verwandt?«

Die Schwester floh.

Falls machte sich auf in den Pub, um ihren neuen Rang zu be-
gießen, begab sich ins The Oval, direkt neben der U-Bahn-Station
gelegen, kaufte dem Obdachlosen eine The Big Issue ab, der sagte:

»Tut mir leid, das mit Brant.«

Klar, die Nachricht würde im ganzen Südosten die Runde machen, endlich war Brant zu Fall gebracht worden. Sie murmelte
irgendwas, das der Typ als *Behalt das Wechselgeld* interpretierte. Sie
mochte diesen Pub, keine Cops, viele Verbrecher, aber wo gab's die
nicht?

Der Barmann, alter Griesgram, knurrte:

»Was soll's sein?«

Er hatte sie nicht als Bulle erkannt, sonst hätte er einen anderen Ton angeschlagen. Falls sagte:

»Großer Gin Tonic und eine Schachtel B & H.«

Der Typ keckerte, sagte:

»Siehste den Automaten da drüben, wo in großen bunten Buchstaben ›Zigaretten‹ draufsteht? Rate mal, wofür der ist?«

Falls war müde, und der Brief brannte ein Loch in ihre Tasche. Sie beugte sich vor und sagte:

»Ich bin Sergeant Falls und saumies gelaunt, wie wär's also, wenn du mir bringst, was ich bestellt habe? Ich sitze da drüben.«

Er gehorchte.

Entfernte sogar die Folie von der Schachtel und zog eine Zigarette heraus. Falls gab ihm einen Zehner und goss einen Hauch Tonic ins Glas, man musste den guten Gin ja nicht unnötig verderben. Sie kippte einen großen Schluck runter, wartete auf den Kick. Der kam schnell, und sie stieß einen kaum hörbaren Seufzer aus. Der Typ brachte ihr Wechselgeld, und sie schnappte:

»Noch mal das Gleiche.«

Sie würde sich in den Absturz saufen, mal sehen, was die Nacht dann noch so bringen würde. Erst als sie ihren zweiten Doppelten halb ausgetrunken hatte, erlaubte sie sich, an den Brief zu denken.

Damals, der Fall mit der Füchsin, eine besonders fiese Psychopathin namens Angie, die zwei Brüder ermordet hatte, und unzählige andere, von denen sie nur ahnten. Schlimmer noch, sie hatte sich gezielt an Falls rangemacht, sich mit ihr angefreundet. Und Falls, sie wand sich, wurde trotz des Gins rot ... Herrgott, die Erinnerungen ... in einem sehr betrunkenen Moment ... war sie ihre Liebhaberin gewesen. Das hatte sie fast die Karriere gekostet, und nur ein Wunder in Form von Brant hatte ihren Arsch retten können.

Angie war gefasst und zu jahrelangem Knast verknackt worden. Falls hatte erleichtert aufgeatmet und gehofft, irgendeine andere verrückte Bitch würde Angie ein Messer in den Rücken jagen. Sie öffnete den Brief, merkte, dass ihre Hände zitterten, las:

Geliebte
Wie geht es dir, Süße?
Ich habe dich vermisst.
Deine schwarze, seidige Haut, dein wildes, hingebungsvolles Liebesspiel, dein schönes Gesicht haben mir durch die Zeit geholfen, hier in der Obhut Ihrer Majestät.
Wunderbare Neuigkeiten.
Ich bin draußen.
Freust du dich?
Ganz bestimmt.
Ich weiß, dass du dich nach mir sehnst.
Geduld, mein Schwarzes Fleisch.
Ich muss noch ein paar Dinge klären, dann bin ich bei dir. Wie ich sehe, wohnst du immer noch an deiner alten Adresse.
Wir machen die verlorene Zeit wett.
Bald, meine Geliebte.
Hab Geduld.
Xxxxxxxxx
Deine Füchsin

Falls wischte sich die Stirn ab, auf der sich eine dicke Schweißschicht gebildet hatte, vom Gin, wie sie hoffte. Der Barmann war da, fragte:

»Heiß genug für Sie?«

Falls traf ihn mit ihrem Stahlblick, sagte:

»Verfick dich.«

Er stand drauf, sagte:

»Gott, ich steh auf Dirty Talk von Babes.«

Und war weg, ehe Falls etwas erwidern konnte.

Sie fasste es nicht, Angie war draußen und stellte ihr nach. Panik überkam sie. Angie gehörte in der langen Liste durchgedrehter Irrer, mit denen sie es im Lauf ihres Berufslebens zu tun gehabt hatte, zu den durchgedrehtesten.

Und zu sagen, sie habe *Munition* gegen Falls in der Hand, war milde ausgedrückt. Falls steckte sich eine Kippe an, ihre Hände jetzt ein wenig ruhiger. Der einzige Mensch, der mit dieser Art Psycho wirklich fertig wurde, war Brant.

Sie spürte die Drinks, stand auf und überlegte, ein Taxi zu nehmen, sie war nicht sicher, ob sie noch imstande wäre zu fahren.

Der Barmann sagte:

»Kommen Sie bald wieder und bringen Sie uns zum Lachen, ja?«

Brant hätte ihm eins um die Ohren gegeben.

8

McDonald war zu Hause und schüttelte ungläubig den Kopf. Die Ereignisse des Tages hatten ihn aus der Fassung gebracht. Genau in dem Moment, in dem er meinte, sein Leben wäre endgültig im Arsch, war die Kavallerie angerückt – in Gestalt eines alten Knackers.

Wahnsinn.

Als er das Mädel an die Wand geklatscht und den alten Mann auf eine Tasse Tee eingeladen hatte, war ihm erst mal nicht klar gewesen, dass sich gerade seine ganze Zukunft änderte. Sie waren in eine Imbissbude gegangen, eine der letzten verbliebenen Nischen echten Englands; der alte Kerl jammerte, dass das Land vor die Hunde gegangen sei … vielleicht hatte er auch *Hunnen* gesagt.

Was bedeutete, dass er entweder nuschelte oder einen echten Brast auf Ausländer hatte. Sie hatten Bacon-Sandwiches bestellt, ein neonbeleuchteter Albtraum aus Kohlehydraten, und natürlich einen großen Pott Tee, mit Lipton's echten Blättern gebraut, nicht mit diesem Beutelscheiß. Die Sandwiches wurden gebracht, troffen vor Fett und Schmalz, genau wie McDonald es liebte. Während sie genussvoll kauten, fragte der alte Mann plötzlich mit vollem Mund:

»Also, wie kommt's, dass ein gewitzter junger Cop wie Sie die Drecksdienste schieben muss?«

McDonald überlegte, ihm irgendeine Tränendrüsengeschichte aufzutischen, entschied sich dann aber für die Wahrheit, sagte:

»Handfeste Polizeiarbeit wird heutzutage nicht mehr toleriert.«

Das schien genau die Antwort zu sein, die sich der Alte erhofft hatte. Er streckte die Hand aus, sagte:

»Ich bin Bill Traynor, habe für mein Land gekämpft, und was krieg ich dafür?«

McDonald rührte drei Löffel Zucker in seinen Tee, versuchte es mit:

»Vermutlich einen Scheißdreck.«

Bill nickte, sagte:

»Ganz genau, mein Junge. Wo ich wohne, werden wir von jungen Pakis geplagt, die laute Musik spielen, unsere Frauen beleidigen, uns verhöhnen, wenn wir zur Post gehen, von den Darkies gar nicht zu reden. Die warten, dass wir unsere Pension abholen, die sowieso kaum für Katzenfutter reicht, und dann überfallen sie uns.«

Er schnappte nach Luft, zog einen Inhalator hervor, sagte:

»Meine Scheißlungen sind am Arsch, aber bevor ich abtrete, will ich's noch mal knallen lassen, verstehen Sie?«

McDonald hatte eine Ahnung, aber er ließ Bill reden, sagte nichts und rührte nur seinen Tee um.

Bill schaute sich um und sagte dann fast flüsternd:

»Ein paar von uns haben eine Gruppe gegründet, einen Männerbund, um unsere Straßen zurückzuerobern, aber wir sind alt, was können wir schon ausrichten?«

Er starrte McDonald an, und als der keine Handschellen zückte, traute er sich, sagte:

»Tja, wenn wir einen cleveren jungen Kerl mit Eiern als Anführer hätten, dann könnten wir was bewegen, wissen Sie, was ich meine?«

McDonald dachte, ist ja nicht schwer, eine Rentner-Bürgerwehr, fast hätte er gelacht, aber Bill fügte hinzu:

»Wir würden unseren Anführer natürlich bezahlen, und zwar gut.«

McDonald sagte mit ausdrucksloser Miene:

»Definieren Sie *gut*.«

Bill nannte eine Zahl, die McDonald überraschte. In Wahrheit hätte er die Aufgabe auch umsonst übernommen, einfach, um mal ein bisschen Respekt zu kriegen, selbst wenn es alter Respekt war.

Bill zappelte unruhig herum, fragte:

»Was sagen Sie dazu?«

McDonald lächelte, fragte:

»Wann soll es losgehen?«

Sie einigten sich auf Freitagabend, die schlimmste Zeit, wenn die Ausländer sich zukifften, zuschnieften, zusoffen und dann Amok liefen. McDonald schrieb Bill eine Einkaufsliste und sagte:

»Das hier brauchen wir für den Anfang.«

Bill überflog die Liste, seine dritten Zähne blitzten lächelnd auf.

Baseballschläger
Sturmhauben
Benzin
Billardkugeln

Beim letzten Punkt zögerte Bill, fragte:

»Wofür sind die Kugeln?«

McDonald trank den letzten Schluck Tee, Timing war alles, und sagte im Aufstehen:

»Die sollen die Schweine fressen.«

Bill war begeistert.

Nachdem McDonald angeschossen worden war, hatte er eine ziemlich ernsthafte Kokssucht entwickelt und fand auch Speed nicht schlecht. Jetzt zog er eine Line, schluckte eine Speed-Pille runter, und während die Drogen ihn hochpuschten, sagte er laut:

»The boy is back in town.«

Legte sein Lieblingsalbum von Thin Lizzy auf, drehte auf bis zum Anschlag, boxte bei einem kleinen Siegestanz in die Luft.

Die Nachbarn unter ihm hätten sich gern beschwert, aber wen sollten sie rufen? Die Polizei?

...

Roberts, Porter Nash und Wallace saßen immer noch im Pub. Roberts hatte doppelt so viel intus wie die anderen, stand auf, warf einen Batzen Scheine auf den Tisch, sagte:

»Ich mach mich besser auf den Weg, wir müssen morgen einen Haufen Verdächtiger jagen.«

Porter merkte, dass Roberts schwankte, versuchte es:

»Und Sie schaffen es nach Hause?«

Roberts sah ihn finster an, fragte:

»Was, wollen Sie mich hinbringen?«

Porter erkannte die schiere Streitlust eines aggressiven Betrunkenen, der bereit war, wild um sich zu schlagen. Er wich zurück, sagte:

»Nein, aber vielleicht wollen Sie ein Taxi oder so?«

Roberts beäugte ihn, sagte dann:

»Wenn Sie sich um irgendwas einen Kopf machen wollen, dann überlegen Sie, wer Brant niedergeschossen hat, guter Junge.«

Und weg war er.

Es herrschte Stille, bis Wallace fragte:

»Abgesehen davon, dass sein Sergeant abgeknallt wurde, was steckt ihm sonst noch im Arsch?«

Als er Porter lächeln sah, ging ihm auf, was er gesagt hatte, er fügte hinzu:

»Tut mir leid, Buddy, war nicht persönlich gemeint.«

Porter war Doppeldeutigkeiten gewöhnt und beachtete sie nicht, sagte:

»Der Chief Inspector hat vor einiger Zeit seine Frau verloren, dann kam eine echte Erfolgssträhne bei seinen Fällen, bis er einem Ganoven allein nachgegangen ist.«

Wallace fand es toll, wie die Briten redeten ... *Ganoven* ... zu

Hause sagten sie Gangster, Täter, das hier klang fast gemütlich. Er fragte:

»Lust auf einen Absacker?«

Porter hatte schon viel mehr getrunken, als für seinen Diabetes gut war, eigentlich sollte er gar nicht trinken, aber er dachte, *scheiß drauf,* sagte:

»Ja, immer her damit.«

Wallace ging an die Bar, kam mit zwei Kurzen zurück, die Gläser randvoll. Porter sah, wie er die Drinks in seinen riesigen Pranken hielt, dabei keinen Tropfen verschüttete, sah die harten Muskeln in der Körpermasse und wusste, dass Wallace bei aller Leutseligkeit ein knallharter Bursche war. Wallace stellte die Gläser ab, sagte:

»Buddy, ist das zu glauben, die haben Jim Beam. Auf ex, sind Sie dabei?«

War er, sie kippten sie weg. Porter wartete kurz und schüttelte sich dann, als der Bourbon wie ein D-Zug in seinen Magen rauschte. Ihm tränten die Augen. Wallace lachte, sagte:

»Trifft einen ins Mark, stimmt's?«

Porter wusste nicht, woran es lag, ob am Alkohol oder seiner Erschöpfung, aber er mochte den Kerl, mochte ihn sehr, und fragte:

»Und was genau sollen Sie hier eigentlich machen, abgesehen davon, die Einheimischen mit Bourbon abzuschießen?«

Mist, bei einem Anti-Terror-Experten hätte er lieber nicht von *abschießen* reden sollen, aber es war zu spät. Wenn es Wallace aufgefallen war, ließ er es durchgehen, sagte:

»Tja, ich soll euch Typen beibringen, wie man Verdächtige erkennt, wie man reagiert, und wenn, Gott bewahre, tatsächlich eine Gefahrenlage eintreten sollte, welche Notfallmaßnahmen zu treffen sind.«

Porter dachte darüber nach, sagte:

»Kurz gesagt, was wäre der beste Rat, den Sie uns geben können?«

Wallace zögerte nicht:

»Knallt die Motherfucker ab.«

Draußen vor dem Pub sagte Wallace:

»Mann, ich könnte ein Pferd verschlingen, ist noch was offen?«

Porter schlug Fish and Chips vor, außerdem Chinesisch, und sagte dann:

»Traditionell zieht man sich nach einem Besäufnis ein Kebab rein, und morgen will man dann einfach nur sterben.«

Wallace war begeistert, wollte Porter einladen, aber der lehnte ab, sagte:

»Ich geh besser nach Hause. Danke für den netten Abend, hat mich gefreut.«

Wallace warf ihm einen seltsamen Blick zu, dann:

»Ich glaube, Sie meinen das ernst, Buddy. Sie sind in Ordnung, Kumpel. Ich hab gehört, Sie sind 'ne Schwuchtel, hab kein Problem damit, aber ich hab nicht vor, mit Ihnen anzubandeln, also, ja, ein guter Abend. Passen Sie auf sich auf, es gibt schlimme *hombres*, die es zu fangen gilt.«

Auf dem Heimweg, vom Alkohol angetrieben, versuchte Porter sich zu erinnern, ob Wallace aus Texas oder New York kam. Ganz sicher von einem anderen Planeten.

Reden bringt nichts als Ärger.
– John Gotti

9

In der folgenden Woche taten die Cops, was sie am besten können ... an Türen klopfen, immer gut, und verschiedenen Hinwei-
sen nachgehen, die telefonisch reinkamen. Brant war aus der Intensivstation in ein Privatzimmer verlegt worden, vor dem zwei
bewaffnete Polizisten Wache hielten. Die Ärzte staunten über
seine rasche Genesung. Am zweiten Tag stand er auf eigenen Beinen, war aber unheimlich schweigsam. Der Super hatte einen Lakaien mit Genesungswünschen geschickt, Brant sagte ihm, er
solle sich verpissen. Die Worte wurden vom Lakaien nicht zu-
rückgetragen. Er wusste, dass man bei der Met den Boten er-
schoss, also berichtete er nur, dass Brant auf dem Weg der raschen
Besserung sei.

Der Super seufzte.

Roberts suchte gemeinsam mit WPC Andrews Brants aktuellen
Spitzel auf, ein schillerndes Individuum namens Caz, das grelle
Hemden trug und seltsamerweise noch nie hinter Gittern gesessen
hatte. Er war als leidenschaftlicher Tänzer bekannt, ob das seiner
Spitzelkarriere zuträglich war, blieb allerdings fraglich. Er trug ein
Klappmesser bei sich, und wie man munkelte, war er im Umgang
damit sehr geschickt.

Caz kannte Roberts bereits, war aber nicht begeistert, es mit
noch einem weiteren Cop zu tun zu bekommen, noch dazu mit
einer Frau. Sie stöberten ihn im The Warrington Arms auf, wo er
Shandy trank. Er sah Roberts an, ignorierte Andrews, greinte:

»Wer is die Bitch?«

Er kam aus Croydon, gab aber vor, aus Salvador, Ecuador, Ar-
gentinien zu stammen, je nach Wochentag. Roberts nahm neben

Caz Platz, Andrews ihnen gegenüber, und er trat einmal kräftig auf Caz' rechten Fuß und sagte:

»Sie ist Polizistin. Sag das nie wieder zu ihr ... *claro, amigo?*«

Caz jaulte auf, das war sein bester Fuß für die Rumba. Er sagte:

»Wie soll ich undercover für Sie arbeiten, wenn Sie mich ständig neuen Cops vorstellen?«

Der Barmann war auf dem Weg zu ihnen, aber Roberts winkte ab, sagte zu Caz:

»Spar dir den Akzent und die Attitüde. Wer sich mit der Lady anlegt, kriegt's mit mir zu tun, verstanden?«

Caz hatte verstanden.

Andrews war noch nie zuvor einem Spitzel begegnet, und Roberts hatte ihr erklärt, dass sie das vergiftete Lebenselixier jeglicher Polizeiarbeit waren, aber man sie mit einer sorgfältig austarierten Mischung aus Einschüchterung und Schmeichelei bei der Stange halten musste. Sie hatte keine Ahnung, wie das gehen sollte.

In erster Linie durch Einschüchterung.

Roberts hatte noch gesagt, wenn sie am wenigsten damit rechnen, schiebt man ihnen ein paar Kröten rüber. Andrews war entsetzt gewesen, hatte gefragt:

»Die Met bezahlt sie?«

Roberts atmete aus, sagte:

»Nein, das kommt aus der Portokasse, inoffiziell.«

Andrews glaubte immer noch daran, dass für die Polizeiarbeit Berufung und ein gewisser Moralkodex unerlässlich wären. Sie sagte:

»Aber das ist doch nicht richtig?«

Roberts sah sie an und fragte sich, wann sie wohl erwachsen werden würde, sagte:

»Es ist nicht richtig, wenn wir keine Informationen bekommen.«

Sie beobachtete Caz. Er wirkte wie ein höchst windiger Typ. Sie würde ihm kein einziges Wort glauben und … dass er sie Bitch genannt hatte, ging gar nicht. Roberts fragte:

»Also, Tanzäffchen, wer hat unseren Sergeant angeschossen?«

Sah Caz' Blick abtauchen und wusste, Bingo, der Mistkerl kannte die Antwort. Roberts war erstaunt, er wusste, dass Caz an Informationen rankam, von denen andere nur träumen konnten, aber so schnell? Er behielt eine ausdruckslose Miene bei, während Caz sein Beileid bekundete und seinem großen Respekt vor dem Sergeant Ausdruck verlieh. Roberts ließ ihn ein paar Minuten lang quatschen, dann schnauzte er:

»Ich hab dich was gefragt?«

Caz sah Andrews an, ein lüsternes Grinsen brach sich Bahn, er fragte:

»Da gibt's doch 'ne Belohnung, ich mein, ein erschossener Polizist, das ist 'ne große Sache.«

Roberts musste den Drang unterdrücken, quer über den Tisch zu langen und den Spitzel zu erdrosseln. Er sagte:

»Klar. Wer uns hilft, den Copkiller festzunehmen, wird bestens vergütet.«

Man hatte Caz schon öfter Belohnungen in Aussicht gestellt, und am Ende hatte er bloß eine dicke Backe gehabt, wenn Brant sich auf seine Art revanchiert hatte. Er lehnte sich zurück, sagte:

»Hab ich's mir doch gedacht, wie wär's dann mit einer kleinen Vorauszahlung auf Vertrauensbasis?«

Roberts seufzte, Herrgott, er war so müde, hatte diesen Abschaum so satt, und sagte:

»Gib mir den Namen, dann wirst du bezahlt. Du weißt doch, wie das läuft.«

Caz wägte seine Optionen ab, gab dann klein bei und sagte:

»Terry Dunne, das ist der, der geschossen hat.«

Andrews war erstaunt, konnte das so einfach sein, man ging zu einem Spitzel, und der löste einem den Fall?

Roberts fragte:

»Und wo finden wir dieses Miststück?«

Caz lachte, was nicht hübsch klang, eher nach Gackern, fragte:

»Soll ich Ihnen die ganze Arbeit abnehmen, Chief Inspector? Er ist aus der Gegend, mehr weiß ich nicht.«

Roberts' Handy schrillte, er stand auf und sagte:

»Ich geh mal kurz raus.«

Andrews war nicht wild darauf, mit diesem Gesindel allein gelassen zu werden, und erst recht irritiert, als Caz sie mit seinem strahlendsten Lächeln bedachte, eine Mischung aus Bösartigkeit und Lust, und fragte:

»Tanzt du gern, Chiquita?«

Mit diesem Kriechtier würde sie sich auf kein Gespräch einlassen, also fauchte sie:

»Nein.«

Er war begeistert, beugte sich vor, seine Hand berührte fast die ihre, er sagte:

»Du hast den Meister vor dir, wir treffen uns Samstag und gehen ins Crystal, da bringe ich dir ein paar Schritte bei, und danach, ah … danach, *mi bonita,* zeige ich dir ein paar Moves, die du nie vergessen wirst.«

Andrews trat mit aller Kraft auf seinen linken Fuß, und er fuhr zurück, das Gesicht verzerrt vor Schmerz und Wut, und spie:

»Fotze … *puta,* du bist 'ne Lesbe, stimmt's?«

Roberts kam zurück, sah Caz' Schmerz, lächelte, sagte:

»Bei euch hat's gefunkt, wie ich sehe.«

Andrews sagte:

»Ich hab ihm ein paar Moves gezeigt.«

Das gefiel Roberts sehr, er sagte:

»Auf geht's. Schauen wir mal, ob Mr Dunne derzeit zu sprechen ist.«

Caz rieb seinen linken Fuß und müpfte auf:

»Was ist mit meinem Geld?«

Roberts war schon halb weg, sagte:

»Der Scheck ist in der Post.«

Caz fluchte zum hundertsten Mal. Er würde sich definitiv einen neuen Job suchen, und was die *puta* anging, mit der würde er noch ein Hühnchen rupfen. An Roberts kam er nicht ran, aber die Bitch, wer war die schon? Ein Constable … ha … ein Niemand, und bei dem Gedanken, was er mit ihr anstellen würde, fühlte er sich besser.

Draußen blieb Roberts stehen und betrachtete den Verkehr, bis Andrews sagte:

»Sir?«

Es war, als hätte er ihre Anwesenheit vergessen.

»Was?«

Sie war heiß auf Action, wollte diesen Terry Dunne festnageln, bevor Gerüchte die Runde machen konnten. Seine Verhaftung wäre ein Karriereschritt, ein echter Weißer Zugriff. Der mythische Heilige Gral der Polizeiarbeit, pures Gold. Sie sagte:

»Sollten wir uns nicht diesen Terry Dunne schnappen, bevor er untertauchen kann.«

Roberts' Schultern sackten nach unten, er sagte:

»Oh, unser Mr Dunne geht nirgendwohin.«

Überrascht fragte sie:

»Sie wissen, wo er ist?«

Sie verstand langsam, wieso Roberts Chief Inspector war. Er sah sie an, sagte:

»In der Leichenhalle.«

Damit wusste sie nichts anzufangen. Roberts bemerkte ihre Verwirrung und sagte:

»Er wurde am Canary Wharf gefunden, drei Kugeln im Bauch, zwei im Kopf.«

Sie fragte sich, ob der Fall damit ad acta wäre, und als würde er ihre Gedanken lesen, sagte Roberts:

»Das bedeutet, er hat versagt und sein Vertrag wurde annulliert, der nächste Versuch wird klappen.«

Sie sprach ihm nach:

»Der nächste Versuch.«

Roberts ging zum Wagen, sagte:

»Der nächste Versuch, Brant umzubringen.«

Roberts ließ sie fahren und schien in düsteren Gedanken versunken. Sie fragte:

»Wohin jetzt, Sir?«

Er hob nicht mal den Kopf, sagte:

»Gute Frage.«

Auf dem Revier angekommen, schickte Roberts sie in die Kantine, um Tee zu holen und in sein Büro zu bringen. Sie wollte einwenden, dass sie Polizistin sei und Teeholen nicht zu ihren Aufgaben zählte, spürte aber, dass dies nicht der geeignete Zeitpunkt für eine Grundsatzdiskussion war. Also fragte sie mit kaum verhohlenem Sarkasmus:

»Und wie hätte *Sir* ihn gern?«

Roberts erwiderte wie aus der Pistole geschossen:

»Schnell.«

Wütend machte sie sich auf den Weg, als ihr Blick auf das Schwarze Brett fiel, die Ergebnisse der Sergeant-Prüfungen hingen aus, sie überflog die Namen, sah, dass Falls es geschafft hatte, murmelte:

»Auch das noch.«

Sie wusste, dass Falls zweimal durchgerasselt und das ihre letzte Chance gewesen war, und war sicher gewesen, dass Falls es wieder nicht schaffen würde. Aber die blöde Kuh hatte bestanden. Andrews' Chancen auf diesen Rang waren damit im Eimer. Zwei weibliche Sergeants auf demselben Revier.

Klar, als würde es das jemals geben.

Der ganze Tag war im Arsch, und sie machte Botengänge wie

irgendeine hohlbirnige Sekretärin. Sie würde ihre gesamte Strategie überdenken müssen, ihren Namen wieder ins Rampenlicht rücken.

Das Schlimmste war, wenn sie Falls begegnete, würde sie jubelnde Begeisterung an den Tag legen müssen, als wäre sie hin und weg. Ihr kam die Galle hoch. Ein Cop sagte im Vorbeigehen:

»Der Chief Inspector will wissen, ob du den Tee selber braust, du musst ein bisschen mehr Initiative an den Tag legen.«

Ihr fehlten die Worte.

Roberts rief im Krankenhaus an, bekam ein Update über Brant, der inzwischen aufrecht im Bett saß und meckerte. Roberts hatte dafür gesorgt, dass zwei bewaffnete Polizisten vor der Tür Wache standen.

Brant, als er die Namen der beiden Wachposten erfuhr, sagte:

»Die Wichser erschießen mich höchstwahrscheinlich selber.«

Wenn das so weiterging, würde auch Roberts in Versuchung kommen. Er legte auf, brüllte:

»Wo bleibt mein verdammter Tee?«

Das Telefon klingelte erneut, er hob ab, schnauzte:

»Was?«

Hörte:

»Ts, ts, Chief Inspector, beginnt man so ein Gespräch?«

Der feine Pinkel, der wegen des Anschlags auf Brant angerufen hatte. Roberts zählte bis zehn, sagte dann:

»Sagen Sie mir, dass Sie sich freiwillig stellen.«

Hörte das gruselige Keckern, wie ein irrer Kobold, und der Typ sagte:

»Da mache ich die ganze Arbeit für Sie und spüre keinerlei Dankbarkeit.«

Andrews kam rein, stellte den Becher auf seinen Schreibtisch, verschüttete Tee auf seine Akten. Er sah sie wütend an, und sie verzog sich. Er widmete sich wieder dem Anrufer, fragte:

»Tut mir leid, mein Lieber, wofür sollte ich denn dankbar sein?«

Ein Moment des Zögerns, dann:

»Tun Sie doch nicht ahnungslos, Inspector, Canary Wharf ... klingelt da was?«

Roberts beschloss, mitzuspielen, sagte:

»Wir haben dort eine männliche Leiche entdeckt, na und?«

Ein irritierter Laut, dann:

»Sparen Sie sich die Spielchen, Inspector, ich bemühe mich, Sie ... wie sagt man ... auf dem Laufenden zu halten, aber Sie strapazieren meine Geduld.«

Roberts triumphierte. Er hatte den Pinkel genervt, ihn wütend gemacht, und er war unvorsichtig geworden. Er sagte:

»Wollen Sie sagen, dass die Leiche mit dem Anschlag auf Sergeant Brant in Verbindung steht?«

Die Stimme des Pinkels war eine Oktave höher, als er sagte:

»Sehr gut, Inspector. Ja, er war der Schütze, wenn auch kein guter, deswegen habe ich ihm gekündigt.«

Roberts gönnte sich einen Schluck Tee, er brannte wie Feuer, fast musste er würgen, und ... kein verdammter Zucker drin. Er würde Andrews den Arsch versohlen, fragte jetzt:

»Sie wollen sagen, Sie haben ihn getötet, ja?«

»Bravo, Inspector, endlich sind wir auf einer Wellenlänge.«

Das war eine der Redewendungen, die Roberts in den Wahnsinn trieben, fast so schlimm wie ... *Brüder im Geiste.*

Roberts fragte:

»Und wie machen wir jetzt weiter?«

Wieder ein Kichern, und der Pinkel sagte:

»Sie wissen doch, was man sagt: nicht gleich die Flinte ins Korn werfen ...?«

Roberts spürte das Adrenalin in sich hochrauschen, fragte:

»Sie wollen es nicht ernsthaft noch mal versuchen?«

Und der Typ erwiderte:

»Na, sehen Sie, wir sind doch Brüder im Geiste.«
Klick.
Weg war er.

Die Cops wollen nicht, dass irgendwer Waffen hat, außer ihnen.
Warum wohl?
– Eddie Bunker

10

McDonald bereitete sich auf sein Treffen mit der Rentner-Bürgerwehr vor, so nannte er sie im Stillen, Pensionäre, die zu den Waffen greifen. Er trug einen schwarzen Jogginganzug, steckte eine Wollmütze ein, zog eine schwarze Windjacke über und schob seine Walther PPK in die Seitentasche.

Die hatte er einem Drogendealer in Brixton abgenommen. Sie verlieh ihm ein Machtgefühl, das ihn immer wieder erstaunte. Er hatte sich vor den Spiegel gestellt, in der rechten Hand die Knarre, die locker an seiner Seite hing, lässig, aber tödlich, ein schiefes Grinsen im Gesicht, hatte sein Spiegelbild gefragt:

»Was gucksdu? Hastn Problem, ey?«

Warum das mit amerikanischem Drall rauskam, hinterfragte er nicht. Es schien einfach zu passen. Fühlte sich … funky an. Er hatte schon oft die Knarre auf sein Spiegelbild gerichtet, wenn er es mit dem weißen Puder übertrieben hatte.

Mann, das Zeug schleicht sich an einen ran, man fängt an mit einer Line alle Jubeljahre mal. Dann am Wochenende ein paar mehr, hilft den Drinks auf Trab, dann, verdammt, schon ist wieder Montag, man wacht auf, macht Kaffee, springt unter die Dusche, wirft Brot in den Toaster.

Ach, Scheiße.

Man kniet auf dem Teppich, kratzt Staub und hoffentlich ein bisschen Koks zusammen, und dann natürlich die verdammte Frage: *Na, wir haben wohl ein kleines Laster, wie?* Nee, 'türlich nicht, die Nase läuft ein bisschen, na und? Wir sind hier in Scheiß-England, feuchte Luft, was willste machen?

In letzter Zeit hatte er sich mit dem Puder zurückgehalten, sich auf Speed gebracht, wörtlich genommen, hatte sich Amphetamine besorgt, echt, die kleinen Dinger brachten einen auf Trab, immer am Ball, und Mann, er wollte ganz oben mitspielen, und wenn die ihn im Dienst nicht zum Zug kommen ließen, dann würde er seine eigene Truppe rekrutieren. Aus alten Knackern, na und, man kann nicht alles haben.

Er schob sich ein paar Speed-Pillen in die Hosentasche und war bereit für den Kampf. Salutierte seinem Spiegelbild, sagte:

»Sorgen wir mal für Recht und Ordnung an der Front.«

Nahm die U-Bahn nach Balham, wo der alte Knacker in einer Sozialwohnung wohnte. Trat aus dem U-Bahnhof und spürte sofort den Vibe der Straße, nicht gerade dröhnende Trommeln, aber der Geruch von Blut im Wind, die in der Luft lauernde Gewalt. Er lächelte, das würde gut werden. Auf dem Weg zu dem Haus des Alten bedachten ihn zwei unterschiedliche Typen mit dem harten Blick, darin knallhart die Frage:

»Was gucksdu?«

Er war begeistert, das Pep in seinen Adern, die Walther unter der Jacke eingemummelt. Er summte den Titelsong zu *The Sopranos*.

Seine Begeisterung schwand leicht, als er ankam und Bill ihn der Truppe vorstellte. Herrgott, wie alt waren die?

Keiner der vier war unter siebzig. Bill sagte:

»Darf ich vorstellen: die Truppe.«

McDonald schnauzte:

»Keine Namen, wir sind Profis.«

Da nahmen sie Haltung an.

Auf der Straße war bereits das Gebrüll und Gejohle des bevorstehenden Abends zu hören. Einer der Männer schaute nervös zum Fenster, und Bill sagte:

»Ist noch früh, die werden gerade warm, Mitternacht sind sie dann auf Hochtouren.«

McDonald schwieg kurz, fragte dann:

»Habt ihr alles?«

Bill, bestrebt, alles richtig zu machen, ging die Ausrüstung holen, und einer der Typen fragte McDonald:

»Sie sind Bulle?«

Darin ein leiser Vorwurf.

McDonald sagte:

»Ich bin eure letzte Hoffnung, das bin ich.«

Ein Mann mit einem karierten Schal fragte:

»Was können wir denn tun, die laufen doch Amok da draußen?«

McDonald erwiderte:

»Wir werden uns einen Winkel von Großbritannien zurückerobern.«

Sie sahen ihn skeptisch an, und er sagte:

»Erst mal holen wir uns diese Straße zurück, dann sehen wir weiter.«

Bill kam mit einer Mülltüte an, die er auf dem Teppich ausleerte, heraus fielen Baseballschläger, Sturmhauben, Kricketschläger und ein tödlich aussehender Hammer.

McDonald sagte:

»Okay, zu den Waffen.«

Er verteilte die Utensilien, die Männer griffen zu und wirkten verunsichert. McDonald fragte:

»Haben die Gangs einen Oberboss?«

Bill sagte:

»Die Strippen zieht so ein Karibik-Typ um die zwanzig. Der ist immer von vier gefährlich aussehenden Kerlen umringt, einer schwarz, drei Weiße.«

Er klang entsetzt darüber, dass weiße Männer an solchen Umtrieben beteiligt waren. McDonald fragte:

»Hat er einen Namen?«

Einer der anderen sagte:

»Die nennen ihn ›Trick‹.«

McDonald lächelte, sagte:

»Und Tick und Track?«

Er warf einen Blick auf seine Uhr, sah Bill an und sagte:

»Wir haben noch Zeit, wie wär's mit ein paar Erfrischungen, während ich euch den Plan erkläre.«

Bill brachte Sherry, Cider und eine Flasche Gin, die dem Aussehen nach aus dem Zweiten Weltkrieg stammte. Er verteilte Gläser, McDonald übernahm die Rolle des Gastgebers und schenkte seiner Truppe großzügig ein. Er genehmigte sich einen großen Gin und sagte:

»Jetzt hört gut zu, das wird hässlich werden, wenn wir da draußen sind, tut ihr genau das, was ich euch gleich sage. Wer Skrupel hat, soll sich jetzt verpissen.«

Er wartete, sah nervöse Blicke, aber alle blieben sitzen, also sagte er:

»Gut, also, wir machen das so.«

Als er fertig war, fragte einer der Männer, der an einem Sherry genippt hatte:

»Ist das nicht ein bisschen … drastisch?«

McDonald ging zu ihm, blieb vor ihm stehen, schlug dann mit der Hand zu, sodass das Glas quer durch den Raum flog, sagte:

»Stellt mich ja nie infrage. Wollt ihr in Angst und Schrecken leben, unter euren Decken verkrochen, oder wollt ihr euren Mann stehen?«

Verblüfftes Schweigen, dann sagte Bill:

»Wir stehen hinter Ihnen, Boss.«

Das gefiel McDonald, sehr.

• • •

Während die Zeit langsam verstrich und der Lärm auf der Straße zunahm, beobachtete McDonald die fünf alten Männer. Der Typ mit dem karierten Schal schien zu allem bereit, erst recht nach einem Pint Cider. Dann war da noch einer mit dicken Brillengläsern, dem McDonald den Spitznamen Eule gab. Er könnte nützlich sein, wenn er tatsächlich etwas sehen konnte. Dann natürlich Bill, neben dem ein kräftiger Mann saß, vielleicht ein ehemaliger Schauermann. Mit dem war vermutlich etwas anzufangen. Dann war da noch der Bibliothekar, man wusste einfach, dass der noch nie was Gefährlicheres als ein Buch in der Hand gehalten hatte.

McDonald trug noch einmal seine Strategie vor und schärfte ihnen ein, unter keinen Umständen davon abzuweichen, schnell und dreckig, das war der Plan.

Er warf eine Pille ein und befahl ihnen, sich bereit zu machen. In Sturmhauben und schwarzer Kleidung wirkten sie einen Touch beeindruckender, aber nur auf den ersten Blick. Er nickte, und als sie zur Hintertür gingen, zögerte der Bibliothekar und sagte: »Ich kann … da nicht rausgehen.«

McDonald hätte ihm am liebsten eins auf den Hintern gegeben, der ganze Plan könnte wie ein Kartenhaus in sich zusammenstürzen, also sagte er:

»Okay, kein Problem. Dann gehen Sie los und besorgen Sie ordentlich was zu trinken, Sie können unser Proviantmeister sein. Wir werden Stärkung nötig haben.«

Dann huschten sie durch den Hinterhof, McDonald hatte ein dickes Stück Rohr in der Hand, sie kamen auf die Straße, McDonald vorneweg, die anderen vier ihm dicht auf den Fersen.

Eine lärmende, ausgelassene Gruppe stand um einen Minivan herum, mittendrin ein kleiner Typ Anfang zwanzig, der aus einer Wodkaflasche trank und auf dicke Hose machte. Trick.

Wie geplant stürmten sie mitten rein, droschen mit den Schlägern und dem Hammer um sich und gaben keinen Laut von sich. Die meisten aus der Gang fielen schon dem ersten Ansturm zum Opfer, und McDonald sah mit Genugtuung, dass der Schauermann dem Typen, den er umgenietet hatte, noch ein paar Extra-tritte verpasste. Dann stand Trick vor ihm, dem buchstäblich die Kinnlade runtergefallen war, er keuchte:

»Was soll der Scheiß?«

McDonald schwang das Rohr, zertrümmerte dem Typen den Unterkiefer und trat ihm in die Eier, er kippte um, McDonald kniete sich neben ihn, packte ihn bei den Haaren, drehte ihm den Kopf um, sagte:

»Wenn du dich je wieder hier auf dieser Straße blicken lässt, bringen wir dich um, und alle, die bei dir sind.«

Er hörte hinter sich ein Stöhnen, Bill hatte ein Messer in den Bauch bekommen, der Stecher stand über ihm, professionelle Haltung, aus dem Mund tropfte Blut, er sah sie böse an und knurrte:

»Los, ihr Wichser, wer ist der Nächste …?«

Am Anfang war das Überraschungsmoment auf ihrer Seite gewesen, und sie hatten sich wacker geschlagen, aber jetzt hing alles in der Balance und konnte jeden Moment kippen, und er spürte den Fluchtreflex in seiner Truppe.

Er zerschoss dem Messerstecher beide Knie und sagte:

»Truppenrückzug.«

Er musste Bill mitschleppen, der aus dem Bauch blutete, der Schauermann packte Bills anderen Arm, und sie liefen die Straße entlang, schlugen einen Bogen um die Häuser herum und rannten durch die Hinterhöfe. McDonald hörte das Sirenengeheul. Ihm kam der Gedanke, dass dieses Geräusch zum ersten Mal in seinem Leben den Feind ankündigte. Sie waren zurück in Bills Wohnung, wo mit kreideweißem Gesicht der Bibliothekar wartete. McDonald befahl:

»Licht aus, wir bleiben in der Küche.«

Auf dem Küchentisch standen drei Flaschen Glenfiddich, McDonald setzte Bill auf einen Stuhl, legten dessen Kopf auf die Tischplatte, nahm eine Flasche, riss die Versiegelung ab, trank ausgiebig, gab dem Schauermann die Flasche und untersuchte dann Bills Verletzung. Die sah hässlich aus, und Bill war im Schockzustand. McDonald griff zu einer weiteren Flasche, öffnete sie und goss den Whisky auf die Stichwunde, Bill jaulte gepeinigt auf, McDonald ordnete an:

»Holt mir was zum Verbinden.«

Er bekam Verbandszeug und ein paar Handtücher, der Schweiß lief in Strömen an ihm runter, es gelang ihm, die Wunde zu verbinden. Der Schauermann sagte:

»Er muss ins Krankenhaus.«

McDonald nickte, sagte:

»Gib mir fünf Minuten Vorsprung, dann ruf einen Krankenwagen und sag, er wurde überfallen. Räum die Sachen weg. Ihr anderen geht nach Hause, ich melde mich.« Sie standen starr da und starrten ihn an, und er sagte:

»Gut gemacht, Männer.«

Er trank noch einen Schluck aus der Flasche und verschwand durch die Hintertür. Warf die Sturmhaube in einen Mülleimer, rannte schnell durch die Nebenstraßen und winkte am Rand von Clapham ein Taxi heran, setzte sich auf die Rückbank und war weg. Der Fahrer quarzte einen Joint, das Radio lief ohrenbetäubend laut. McDonald machte es sich bequem, und Dire Straits sangen … »The Sultans of Swing«.

Ein breites Grinsen breitete sich auf McDonalds Gesicht aus. Er beobachtete durch die Scheibe die Straße, überall Menschengruppen, und dachte:

Mann, meine Arbeit geht gerade erst los.

Foley, der Diensthabende, bekam den Anruf über eine Schießerei und einen Mini-Aufstand rein und fragte:

»Sonst was Neues?«

Freitagnacht, die Tiere waren losgelassen, er mit seiner Ausgabe der »Heat«, drei Sandwiches mit Bacon und Tomaten, einer Thermoskanne Tee. Er machte es sich auf seinem Stuhl bequem, legte die Füße hoch, dachte:

Ah, so lässt sich's aushalten.

Er mochte die Wochenenden, der Abschaum würde erst gegen drei, vier Uhr morgens bei ihm angeschleppt werden, also blieben ihm gute zwei Stunden zum Lesen und mindestens eine halbe Stunde für ein Nickerchen.

McDonald saß zu Hause in der Badewanne, den Kopf zurückgelehnt, Thin Lizzy brüllten aus den Lautsprechern, auf dem Wannenrand stand ein Glas Scotch, und er dachte an die Opa-Armee ... dachte mit tiefer Zufriedenheit:

Die haben sich super geschlagen.

Trick bekam währenddessen den Kiefer verdrahtet, was ihm, gemeinsam mit dem Tritt in die Eier, die Sprache verschlug, nicht, dass er viel zu sagen gehabt hätte, außer vielleicht:

»Fuck.«

Dem Messerstecher wurde ein Bein abgenommen.

In einem anderen Krankenhaus, keine Meile entfernt, erlitt Bill einen massiven Herzinfarkt und war zwanzig Minuten später tot.

Der Schauermann begann zu weinen.

HAPPY SLAPPERS

Ein neues Phänomen breitete sich im Lande aus ... *happy slapping*. Junge Leute nähern sich ahnungslosen Mitmenschen, verpassen ihnen eine gepfefferte Ohrfeige, nehmen die schockierte Reaktion mit ihren Handys auf und verschicken das Bild sofort an all ihre Freunde. Das hatte extreme Formen angenommen, in einem Fall wurde die Vergewaltigung einer Teenagerin fotografiert. In weniger drastischen Ausprägungen wurden Menschen, normalerweise Frauen, die allein unterwegs waren, in der Öffentlichkeit von einer jungen Person angesprochen und plötzlich aus dem Nichts heraus ins Gesicht geschlagen, und die Fotos der Reaktion wurden an den Freundeskreis des Attentäters weitergeleitet.

Es war zum Nationalsport geworden.

Nach den fürchterlichen Bombenanschlägen in London wurde es noch schlimmer, Jugendliche machten regelrecht Jagd auf die Opfer und knipsten Fotos der blutverschmierten Gesichter. Die Klatschblätter waren begeistert, wobei sie natürlich schockierte Empörung vorheuchelten, aber es war die Art Story, die man nicht erfinden konnte, und nichts deutete darauf hin, dass es abflauen würde. Psychologen, Soziologen et al. rangen kollektiv die Hände und sahen darin ein Zeichen des gesellschaftlichen Verfalls und die nächste Stufe zum völligen Zusammenbruch aller moralischen Werte.

Ein Teenager, verhaftet, nachdem er eine über Siebzigjährige geschlagen hatte.

Nach dem Grund gefragt, sagte er:

»Weil's irgendwie Bock macht.«

11

Falls erschien stolz mit den Streifen auf dem Arm zum Dienst, sie versuchte, sich cool zu geben, aber ein breites Grinsen war ihrem Gesicht nie fern. Die anderen Cops sagten widerwillig:

»Sarge.«

Wie Galle in den Kehlen. Sie wurde zu Brown gerufen, war sicher, der Super hätte eine kurze Glückwunschrede in petto, der erste schwarze weibliche Sergeant! Dachte bei sich:

War auch echt mal Zeit.

Und beschloss, sich angemessen bescheiden und, wie nannte sich das, unprätentiös zu geben.

Sie klopfte an die Tür, ihre Erwartungshaltung auf dem Zenit. Und entdeckte zu ihrer Verblüffung PC Lane, was zum Teufel hatte der hier zu suchen? Lane war der lahmste Bulle auf dem Revier, so farblos, dass man ihn nur als beige beschreiben konnte. Er hatte einen Moment des Ruhms erlebt, als man ihn zusammen mit Tony Blair fotografiert hatte, aber Tony war seitdem im freien Fall. Sogar Lanes Ehefrau hatte das gerahmte Foto vom Kaminsims entfernt und durch den Dalai Lama ersetzt, immer eine sichere Bank. Er sagte kaum jemals ein Wort, und niemand wusste genau, was er eigentlich tat. Der Super saß über Papiere gebeugt, schaute erst nach fünf Minuten auf, endlich, und sagte:

»Ah, Falls, Sie kommen zu spät.«

Nichts von Sergeant.

Er lehnte sich zurück, sagte an sie und Lane gerichtet:

»Wissen Sie Bescheid über den Happy-Slapping-Skandal?«

Falls wollte brüllen:

»Sie aufgeblasener Wichser, die verdammten Zeitungen schreiben über nichts anderes.«

Räumte ein, dass sie davon wusste, Lane nickte bloß. Der Super sagte:

»Gut, dann wissen Sie ja, worum es geht. Was im Rest des Landes vor sich geht, kümmert mich einen Scheiß, aber nicht vor meiner Haustür, verstanden?«

Falls konnte es nicht glauben, das war ein Traum, sie bemühte sich um Fassung, fragte:

»Und, Sir, was genau sollen wir machen?«

Browns Miene wurde finster, er hatte den Unterton mitbekommen und schnauzte:

»Die kleinen Scheißer scheinen sich gern in Kennington rumzutreiben, also bewegen Sie Ihren Arsch dahin und merzen Sie sie aus.«

Falls wartete auf mehr, und der Super sagte:

»Ich stelle Ihnen PC Lane zur Seite. Er hat Kinder im Teenageralter und weiß, wie Jugendliche ticken, wenn das überhaupt irgendwer von sich behaupten kann.«

Dass seine Kinder längst erwachsen waren, behielt Lane für sich. Falls fragte:

»Ist das alles ... Sir?«

Brown hing wieder über seinen Papieren, sagte:

»Sagen Sie meiner Sekretärin, sie soll mir Tee bringen und dafür sorgen, dass die Kekse frisch sind, die gestern waren alt.«

Und sie waren entlassen. Von seiner Sekretärin war weit und breit nichts zu sehen, und Lane fragte besorgt:

»Sollen wir sie suchen?«

Falls warf ihm ihren vernichtendsten Blick zu und sagte:

»Rate mal?«

Die folgende Woche verbrachten sie an der Kennington Road, Falls saß im Wagen, Lane ging Streife. Als Sergeant lief man sich wohl kaum mit einem Constable die Füße platt?

Lane war nicht glücklich, aber ihm blieb keine Wahl, und in den kurzen Momenten, die er mit Falls verbrachte, war sie dermaßen grantig und gereizt, dass er froh war, wieder allein auf Streife gehen zu können. Sie fanden keine Happy Slappers, machten aber zwei Taschendiebe dingfest, verwarnten die allgegenwärtigen Nutten und langweilten sich im Großen und Ganzen zu Tode.

Lane war an langweilige Aufträge gewöhnt und nahm es einfach hin, aber Falls war stinksauer. Sie suchte Brant auf, der kurz vor der Entlassung stand, aufrecht im Bett saß und ein Pornoheft las. Die meisten Männer, die sich so was angucken, versuchen das Teil zu verstecken, wenn jemand ins Zimmer kommt, aber Brant legte die anstößige Seite offen hin. Falls fragte:

»Wie gefällt Ihre Lektüre denn den Krankenschwestern?«

Er sah fast aus wie früher, nur dass sein Gesicht sichtlich schmaler war und seine Haut bleich und grau wirkte. Ansonsten war er der Alte, tödlich. Er sagte:

»Die haben's mir gegeben.«

Er betrachtete ihre Sergeant-Streifen, sagte:

»Willkommen im Club.«

Plötzlich schämte sie sich, Brant wusste ja, dass sie die Streifen auf unlauterem Weg bekommen hatte. Als hätte er ihre Gedanken gelesen, sagte er:

»Mach dir keinen Kopp, wie du da rangekommen bist, aber sieh zu, dass du den Rang voll ausnutzt.«

Es platzte aus ihr heraus, womit sie derzeit beauftragt war, und er lächelte sein teuflisches Lächeln, sagte:

»Weißt du, warum Brown so wild darauf ist, einen dieser Slapper zu kriegen?«

Sie gab wieder, was der Super gesagt hatte, und er schnaubte und sagte:

»Blödsinn, seine Frau ist Opfer geworden.«

Sie wollte schon fragen, woher er das wusste, aber Informationen waren sein Ding.

Er sagte:

»Die Typen da vor meiner Tür, die mich beschützen, schnorr denen mal eine Kippe ab, der Dicke hat eine Schachtel Embassy.«

Sie sagte:

»Ist Rauchen nicht verboten?«

Fing sich den Blick ein.

Er sagte:

»Süße, als verwundeter Cop kann man machen, was man will.«

Sie öffnete die Tür, einer der Cops davor war in der Tat ein Dicker und hatte Kippen. Die er ihr mit den Worten gab:

»Ob er sich vielleicht mal selber welche kauft?«

Falls hätte fast gelacht, sagte:

»Warum fragen Sie ihn nicht selbst?«

Während Brant eine Rauchwolke über seinem Kopf schweben ließ, berichtete Falls ihm von der Entdeckung der Leiche des Typen, der Brant niedergeschossen hatte, und dem Anruf bei Roberts. Brant hörte kommentarlos zu, bis Falls schließlich fragte:

»Machen Sie sich keine Sorgen um einen zweiten Versuch?«

Er ließ die Kippe zu Boden fallen, sagte:

»Tritt die mal mit deinem Sergeantstiefel aus, gutes Mädchen.«

Sie hob sie auf, löschte sie in einem Wasserglas, überlegte kurz und steckte die durchweichte Kippe in ihre Jacke. Brant, köstlich amüsiert, sagte:

»Komm heute Abend wieder, dann machen wir klar Schiff.«

Und steckte sich sofort die nächste an. Er hatte so eine Art an sich, andere ständig auf die Palme zu bringen, und sobald er wusste, worauf man ansprang, kannte er kein Pardon. Und trotzdem konnte man niemand Besseren auf seiner Seite haben. Sie wiederholte die Frage, und er sagte:

»Ich hoffe, er versucht es eher früher als später.«

Bei jedem anderen wäre es Prahlerei gewesen. Er sagte:

»Willst du den Scheißjob loswerden, an dem du gerade klebst?«

Sie sagte, klar, aber es war bisher einfach nichts passiert. Brant schüttelte den Kopf, sagte:

»Herrje, kein Wunder, dass du immer durchgefallen bist.«

Sie zuckte zusammen, er ließ es in der Luft hängen, sagte dann:

»Besorg dir ein Handy mit Kamera, dann schnapp dir den erstbesten Idioten, der dir über den Weg läuft. Verhafte ihn.«

Sie starrte ihn an, fragte:

»Sie meinen, es jemandem unterschieben?«

Er lachte, was nichts mit Wärme oder auch Humor zu tun hatte, sagte:

»Tja, er wird es sich kaum selber unterschieben.«

Sie gestand es sich nur ungern ein, aber sie hätte fast alles getan, um den Auftrag loszuwerden. Fragte:

»Was ist mit Lane?«

Diesmal ließ er den Stummel in ein Glas Wasser fallen, was ein leichtes Pling erzeugte. Er sagte:

»Lane ist das scheißegal. Wie, glaubst du, hat er sonst achtzehn Jahre auf dem Buckel und nie einen Mucks gemacht? Du bist Sergeant, wenn du den Täter dingfest gemacht hast, sagst du Lane, was passiert ist.«

Langsam gefiel ihr der Gedanke an ein Komplott, und sie fragte:

»Aber der Typ, den wir uns vorknöpfen, wird der nicht behaupten, es wäre ein Komplott?«

Brant lächelte.

»Tun sie das nicht alle.«

Bevor sie ging, fragte sie:

»Wie fühlen Sie sich eigentlich, es heißt ja ... wenn man angeschossen wird, braucht man lange, um sich davon zu erholen. Sie könnten in Frühpension gehen?«

Zur Abwechslung zeigte er mal ein Gefühl, in erster Linie Über-
raschtheit, fragte:

»Und was soll ich dann tun, Happy Slapper werden? Ich kann
nichts anderes.«

Sie stand in der Tür, sagte:

»Porter hat Ihnen das Leben gerettet, wissen Sie das? Er hat Sie
mit seinem Körper geschützt.«

Brant war unwohl, er sagte:

»Die Schwuchtel hat nur darauf gewartet, mich zu bespringen.«

Sie hatte bei Brant endlich einen Hebel, ergriff ihn, sagte, während sie die Tür zumachte:

»Sie sind ihm was schuldig.«

Der dicke Wachtposten rief ihr nach:

»Hey, wo sind meine Zigaretten?«

Ohne sich umzudrehen, sagte sie:

»Er hat sie ins Wasser gestellt, sieht hübsch aus, macht wirklich
was her.«

Sie ging in einen Handyladen, kaufte das billigste Modell, das
sie finden konnte, drückte Lane das Handy vor der Kennington
U-Bahn-Station in die Hand, sagte:

»Machen Sie ein Bild von mir.«

Und setzte eine schockierte Miene auf, als wäre sie gerade geohr-
feigt worden.

Zwei Stunden später suchte sie ihr Opfer aus, ein Typ Mitte
zwanzig, der breitbeinig daherkam, auf die U-Bahn zumarschierte
und links und rechts Leute aus dem Weg schubste. Falls sagte:

»Da ist unser Happy Slapper. Sie haben gesehen, dass er mich
geschlagen hat, und das hier ist sein Handy.«

Lane nahm schweigend das Handy, Falls stieg aus dem Wagen
und lief absichtlich in den Typen rein. Sie ließ es so aussehen, als
hätte er sie angegriffen, und fing an, Zeter und Mordio zu schreien.
Lane war ausgestiegen und warf sich allen eventuellen Skrupeln

zum Trotz ins Geschehen, hielt die Handykamera hoch, verkündete lautstark:

»Er hat den Angriff fotografiert!«

Sein Ton eine Mischung aus Empörung und Ungläubigkeit, drei Passanten glaubten, was sie meinten, mitbekommen zu haben, packten den jungen Mann, boxten auf ihn ein, riefen:

»Du Tier.«

Eine Frau half Falls auf die Beine, sagte:

»Das Schwein hat Sie tatsächlich fotografiert!«

Falls war verblüfft darüber, wie reibungslos das gelaufen war, und Lanes Mitwirkung ließ das Ganze schön realistisch wirken.

Der junge Mann hieß John Coleman und brachte vor lauter Entgeisterung kein Wort heraus, außerdem schmerzten ihn die Hiebe, die die Zeugen ihm verpasst hatten. Lane verhaftete ihn, legte ihm Handschellen an und schubste ihn zum Auto, Falls notierte die Namen und Adressen der Passanten, die sie ihr bereitwillig nannten.

Seit den Terrorangriffen waren die Londoner ganz heiß darauf, sich einzubringen. Bomben waren die eine Sache, aber dass man nicht mal die Straße runterlaufen konnte, ohne eine Ohrfeige zu bekommen, und … dabei auch noch fotografiert wurde, war zu viel des Guten.

Falls stieg in den Wagen und überließ Lane das Fahren, die Rauferei und der Adrenalinrausch der Auseinandersetzung ließen sie zittern.

Lane legte den Gang ein, und Falls schaute sich nach dem Happy Slapper um, der völlig benommen wirkte. Falls sagte:

»Das wird dich lehren, andere nicht rumzuschubsen.«

Er schaute auf, sein Gesicht Inbegriff von Verwirrung, sagte:

»Aber ich hab nicht mal ein Handy.«

Falls hielt das Telefon hoch, fragte:

»Und was soll das hier sein?«

Lane machte ein seltsames Geräusch, als hätte er irgendwas Ekliges im Mund. Er fand, Falls trieb es diesmal wirklich zu weit. Der junge Mann versuchte es mit:

»Das gehört mir nicht, das können Sie mir nicht anhängen.«

Falls hielt das Blatt mit den Namen der Zeugen hoch, sagte:

»Das hier reicht, um dich für mindestens zwei Jahre hinter Gitter zu bringen, und dann hast du noch Glück.«

Sie wandte sich Lane zu, sagte:

»Gut gemacht.«

Er manövrierte in eine Parklücke vor dem Revier, schwieg einen Moment, sagte dann:

»So würde ich das nicht sagen.«

Falls beschloss, es dabei zu belassen.

12

Coleman wurde wegen Happy Slapping angeklagt, anders gesagt ... Angriff auf das Persönlichkeitsrecht eines Einzelnen ... öffentliche Ruhestörung und ... das Schwerwiegendste, tätlicher Angriff auf eine Polizeibeamtin. Abgerundet durch Widerstand gegen die Festnahme.

Ein Anwalt wurde gerufen, Coleman drei Stunden später auf Kaution entlassen, der Gerichtstermin war für einen Monat später anberaumt. Sein Verteidiger sagte:

»Sie werden in Haft gehen, ich kann vielleicht anführen, dass Sie nicht wussten, dass die Frau Polizistin war, aber ich will Ihnen nichts vormachen, die sind wild darauf, einen Happy Slapper zu verknacken, zur Abschreckung, Sie werden mindestens ein Jahr absitzen müssen.«

Coleman, immer noch im Schockzustand, verließ das Revier unter den hämischen Rufen verschiedener Cops:

»Lächeln, du bist bei *Versteckte Kamera*.«

Auf der Treppe begegnete er Falls und fragte:

»Warum ... warum tun Sie mir das an?«

Falls meinte, Brant in sich sprechen zu hören, und sagte:

»Weil ich kann.«

Coleman starrte sie sekundenlang an und schwor im Stillen Rache, so oder so. Er stolperte die Stufen runter und hatte das Gefühl, gleich in Ohnmacht zu fallen, sein ganzes Leben war im Eimer. Er drehte sich um, sah Falls an, sagte:

»Ich hab heute Geburtstag. Einundzwanzig.«

Sie sah ihn mit großen Augen an, sagte:

»Sag mal Cheese.«

Er tat, was man eben tut, wenn man aus dem Blauen heraus plötzlich gefickt ist, wenn sich das Leben im freien Fall befindet, er ging in den Pub. Hockte sich an den Tresen und konnte keinen klaren Gedanken fassen. Er wollte einen Drink, wusste aber nicht, was er bestellen sollte. Eine Frau setzte sich neben ihn, sagte:

»Kannst dich nicht entscheiden, wie?«

Er sah sie an, eine prachtvolle Blondine, schönes Gesicht mit faszinierenden Augen. Sie fügte hinzu:

»Armes Kerlchen, du hast viel durchgemacht. Ich bestelle uns beiden was.«

Die Betonung auf *beiden* verlieh dem Satz einen erotischen Unterton, zu seinem Erstaunen bekam er einen Ständer, schob es auf den Schock. Sein verdammter Körper kapierte nicht, was los war. Der Barmann schwirrte um sie herum, gaffte ihr ungeniert ins Dekolleté, bekam rote Wangen vor Lust, nuschelte:

»Was soll's sein, Süße?«

Sie fuhr sich mit der Zunge über die blutroten Lippen, sagte:

»Zwei große Gin mit Slimline Tonic. Als Frau muss man auf die Figur achten.«

Der Barmann warf dem jungen Mann, der völlig neben sich zu stehen schien, einen kurzen Blick zu, sagte:

»Kommt sofort, Babe.«

Sie sagte:

»Und gönn dir selber auch einen Drink, wie wär's?«

Das wäre erste Sahne.

Coleman hatte hundert Fragen, aber sie schnitt ihm das Wort ab, sagte:

»Erst mal was trinken, dann unterhalten wir uns nett.«

Damit war er sehr zufrieden, fragte:

»Darf ich fragen, wie du heißt?«

Ihr Lächeln war wunderschön, sie sagte:

»Süßer, du darfst alles … Ich bin Angie.«

Die beste Art, jemanden zu töten, ist, sich niemandem
anzuvertrauen.
– Danny Ahearn, New Yorker Mafioso

13

Falls wurde in das Büro des Super gerufen, und leider nahm er genau zu der Zeit seinen morgendlichen Tee ein. Ein Ritual, ein Revier-Mythos. Wegen der Kekse, Rich Biscuit, die er gewohnheitsmäßig in die Tasse tunkte und dann den durchnässten Teil aussaugte, ein Härtetest für jeden vernünftigen Menschen. Als Falls eintrat, war er mitten im Saugen und sagte:

»Setzen Sie sich, Sergeant.«

Auf seinem Hemd lagen Krümel. Sie nahm sich fest vor, die Schlürfgeräusche zu überhören, und konzentrierte sich auf das Wort … »Sergeant«. Ein gutes Zeichen. Er schenkte ihr ein breites Lächeln, kein schöner Anblick. Mit Keksmatsch zwischen den Zähnen sagte er:

»Gute Arbeit, das mit dem Happy-Slapper-Fall. Ich hatte vor, Sie wieder mit Lane zusammenzustecken, aber er hat darum gebeten, jemand anderem zugeteilt zu werden.«

Er wartete, trank etwas Tee oder gurgelte eher damit, Falls schwieg, und dann fragte er:

»Gab es ein Problem mit ihm?«

Sie sagte:

»Er mag keine Frauen.«

Der Super überdachte das und sagte:

»Er ist ein Cop vom alten Schlag, Befehle von einer Frau entgegennehmen zu müssen fällt ihm schwer. Solche Typen sind bald weg von der Bildfläche.«

Falls wollte sagen: *Schade, dass sie den Super nicht gleich mitnehmen.* Sie pflichtete der scheinbaren Weisheit seiner Einsicht mit einem Nicken bei. Er trank den letzten Schluck Tee, sagte:

»Ich stelle Ihnen Andrews zur Seite, die kann von einem alten Profi wie Ihnen eine Menge lernen.«

Er betonte das Wort *Profi*, die Beleidigung klang nach. Dann überraschte er sie mit der Frage:

»Wie viel Einfluss haben Sie auf unseren Sergeant Brant?«

Sie sagte die Wahrheit:

»Ich glaube nicht, dass er auf irgendwen hört.«

Er runzelte die Stirn, dann:

»Wie ich höre, will er zurückkommen, und, na ja, eine kluge, findige Person wie Sie, wenn Sie irgendeine Möglichkeit sehen, ihn zur Pensionierung zu überreden, dann sind Ihrer eigenen Karriere keine Grenzen gesetzt.«

Was übersetzt hieß:

Hilf mir, das Arschloch aufs Kreuz zu legen.

Falls versprach, zu tun, was sie könnte, und der Super sagte strahlend:

»Gutes Mädchen. Ich wusste, dass ich mich auf Sie verlassen kann, ich behalte Sie im Blick und weiß, wie gut Sie arbeiten.«

Womit er sie zu seiner neuen Person fürs Grobe ernannte. Wie das für McDonald ausgegangen war, wusste sie, war aber klug genug, mitzuspielen. Sie sagte:

»Ich werde meine volle Aufmerksamkeit darauf richten, Sir.«

Dachte:

Im Leben nicht.

Sie wurde unter weiteren Lobhudeleien entlassen und rannte direkt in Roberts rein, der sagte:

»Sie sind anscheinend das neue Goldmädchen.«

Sie und Roberts verband eine wechselhafte und komplizierte Vergangenheit, sie hatten einander am Tiefstpunkt erlebt und waren eher gezwungenermaßen Komplizen als wirkliche Freunde.

Sie fragte:

»Sehe ich beglückt aus?«

Roberts beäugte sie eingehend, sagte dann:

»Hier ein gut gemeinter Rat: Schauen Sie über Ihre Schulter, oft und sehr sorgfältig.«

Pff, als würde er ihr was Neues sagen.

Sie spürte Lane in der Kantine auf, vor sich ein ungegessenes Sandwich und ein Glas Milch, sie fragte nicht, ob sie sich dazusetzen könnte, ließ sich einfach auf den gegenüberliegenden Sitz plumpsen, fragte:

»Was ist dein Scheißproblem?«

Er starrte sie an, sagte:

»Ich hab unseren Mr Coleman mal überprüft, und wissen Sie was, der ist sauber. Hat noch nie Ärger gehabt und gerade ein Informatikstudium abgeschlossen.«

Das gefiel Falls nicht, gar nicht, sie schnauzte:

»Ey, du hast doch gesehen, wie der die Straße runtergestrunzt ist und alle angerempelt hat.«

Lane schob sein Sandwich weg, die Brotkante hatte sich gewellt. Wie ein böses Orakel sagte er:

»Er ist ein sensibler junger Mann, vielleicht hat er einfach über irgendwas nachgedacht.«

Falls lachte bitter, Brant wäre stolz auf sie gewesen, und sagte:

»Tja, jetzt hat er ganz sicher was, worüber er nachdenken kann.«

Lane sah sie an, die hellblauen Augen wie ausgewaschene Jeans, sagte:

»Er hat heute Geburtstag.«

Mann, Lane ging ihr langsam echt auf die Nerven, sie fragte:

»Wer hat Geburtstag?«

Lane stieß einen langen Seufzer aus, wie ein verwundetes Tier, sagte:

»Unser Verdächtiger, er ist heute einundzwanzig geworden.«

Falls wusste, dass sie langsam deutlich werden musste, und sagte:

»Der Super ist happy, die Presse wird jubeln, wir stehen gut da, wir sind den Scheißjob los, alle gewinnen.«

Lane schüttelte den Kopf.

»Nicht der junge Mann.«

Falls hatte genug von seinem Genöle und sagte:

»Shit happens. Was soll schon passieren, er bekommt eine Verwarnung, vielleicht eine kleine Geldstrafe, und wird den Rest seines Lebens ein braver Bürger sein. Wir haben ihn auf den rechten Weg gebracht.«

Lane rang seine Hände. Sie bemerkte, dass seine Fingernägel völlig heruntergebissen waren. Er sagte:

»Sergeant, Sie wissen genau, dass das nicht passieren wird, man wird ein Exempel an ihm statuieren, die Presse verlangt es, der Super verlangt es, der Junge kriegt mindestens zwei Jahre.«

Falls stand auf und sagte warnend:

»Du hast doch nicht vor, irgendwas Dummes zu machen, oder? Das wäre eine echt blöde Idee.«

Lane sagte wie zu sich selbst:

»Wissen Sie, ich habe keine tolle Karriere hingelegt, aber ich habe nie etwas getan, das mir den Schlaf rauben würde. Ich will meine Dienstzeit nicht mit dem schlechten Gewissen beenden, dass ich jemandem das Leben zerstört habe.«

Falls hielt ihr Gesicht direkt vor seins, sagte:

»Leg dich nicht mit mir an, Lane.«

Und machte, dass sie wegkam. Sie war besorgt. Wenn Lane petzte, wäre sie nicht nur ihre neuen Streifen los, sie würde entlassen und wahrscheinlich verhaftet werden. Mit einem Wort, sie wäre gefickt, wenn sie das zuließe. Sie musste sofort mit Brant reden.

Roberts war auf dem Flur, rief sie zu sich, sagte:

»Kommen Sie mit in mein Büro, es gibt was zu besprechen.«

Herrgott, dachte sie, *was kommt jetzt?*

Roberts saß hinter seinem Schreibtisch, schob die Papierstapel beiseite, sagte:

»Letzten Freitag hat in Balham eine Bürgerwehr ein paar notorische Störenfriede ins Krankenhaus befördert, einem wurde das Knie zerschossen, dem Anführer haben sie den Kiefer gebrochen.«

Wie die meisten Cops bewunderte Falls Selbstjustiz insgeheim. Sie brachte Ergebnisse und erreichte die Unerreichbaren. Sie war selbst schon mehr als einmal kurz davor gewesen und wusste, dass Brant oft so verfuhr.

Sie sagte:

»Na und, ein paar Kriminelle weniger, um die wir uns kümmern müssen.«

Roberts lächelte grimmig, sagte:

»Normalerweise wäre ich Ihrer Meinung, aber einer aus der Bürgerwehr hat ein Messer abbekommen und ist daraufhin an einem Herzinfarkt gestorben. Der Mann, der ihn am Krankenhaus abgeliefert hat, wurde von einem Cop in Balham verhaftet.«

Falls verstand das Problem nicht. Einer aus der Bürgerwehr war also abgekratzt, wie die Amis das nannten, na und? Es gab Tausende von Wutbürgern da draußen, die nur zu bereit waren, die Lücke zu füllen.

Roberts war noch nicht fertig:

»Der Tote, man glaubt es nicht … war fünfundsiebzig Jahre alt.«

Falls lachte, sagte:

»Rentner auf dem Kriegspfad, mal was Neues.«

Roberts starrte aus dem Fenster, sagte:

»Sein Kumpel, der verhaftet wurde, hat eine ziemlich seltsame Aussage gemacht.«

Falls konnte es gar nicht erwarten, sagte:

»Ich kann's gar nicht erwarten.«

Roberts wandte sich ihr zu, sagte:

»Er behauptet, sie wären von einem Cop organisiert und angeführt worden.«

Sie brauchte einen Moment, um das zu verdauen, dann sagte sie:
»Das ist unmöglich.«

Roberts' Miene drückte aus, dass es sehr wohl möglich war. Er
sagte:

»Sie und Andrews werden dem nachgehen. Wenn die Presse
Wind davon bekommt, sind wir geliefert. Reden Sie mit dem
Typen, der das behauptet hat, und tun Sie alles, was nötig ist,
damit das unter dem Teppich bleibt, verstanden?«

Sie stand auf, sagte:

»Ja, Sir.«

Sie war an der Tür, als er sagte:

»Liz, gehen Sie diskret vor.«

Dass er sie beim Vornamen nannte, war ein Zeichen für den
Druck, unter dem er stand, und für den Ernst der Lage. Bevor sie
sich an die Arbeit machte, musste sie etwas anderes erledigen,
nämlich Angies Anwältin einen Besuch abstatten, eine aggressive
Bullenhasserin. Die würde ihr sagen können, was Angie trieb, und
mit ein bisschen Glück sogar, wo sie untergekommen war.

Sie fand Andrews im Sportraum beim Training, klar, wo sie mit
schweren Gewichten ihre Muckis aufbaute. Falls sagte:

»Wir haben einen Auftrag, was ziemlich Sensibles. Hol mich in
zwei Stunden am Elephant and Castle ab.«

Sie wartete die Antwort nicht ab.

Ellen Dunne, Liebling der Linken und Fluch der Met, hatte ihre
Büroräume am Elephant and Castle. Sie war äußerst erfolgreich
und hätte jederzeit an eine prestigeträchtigere Adresse umziehen
können, aber im Kriegsgebiet tätig zu sein diente ihrem Image.
Ihre Sekretärin, butch wie ein Bulle, behandelte Falls mit kaum
verhohlener Feindseligkeit und teilte ihr mit, Ellen sei beschäftigt.
Falls kannte dieses alte Spiel, konterte mit:

»Zu beschäftigt, um mit einer Schwarzen Frau zu reden?«

Die andere starrte sie böse an, klingelte durch, sagte dann:

»Sie hat fünf Minuten Zeit für Sie.«

Falls setzte ihr bestes Lächeln auf, sagte:

»Und Sie stellen die Stoppuhr, stimmt's?«

Die Sekretärin grunzte.

Ellen Dunne war gealtert. Das letzte Mal war Falls ihr bei Angies Verhandlung begegnet. Seitdem war sie ergraut und hatte Fältchen auf den Wangen bekommen, und ihre Kleidung sah aus, als hätte sie darin geschlafen. Falls nahm an, wenn man sein Leben mit Abschaum verbrachte, färbte das irgendwann ab. Dunne saß hinter einem großen Schreibtisch voller Papierstapel, in einem übervollen Aschenbecher qualmte eine Kippe. Sie sah Falls an, sagte:

»Sie sind gekommen, um mir den Tag zu retten, stimmt's?«

Falls mochte Ellen. Auch wenn sie den Cops ständig auf die Nerven ging und ihnen das Leben zur Hölle machte, besaß sie eine grundsätzliche Integrität, die sie sympathisch machte. Falls sagte:

»Sie sehen scheiße aus.«

Ellen musste fast lächeln, sie wusste, welchen Scheiß Falls als Frau, erst recht als Schwarze Frau, bei der Polizei abbekam. Sie entgegnete:

»Ich glaube, Sie versuchen, mich milde zu stimmen, was also kann ich für Sie tun ... Sergeant. Wen mussten Sie ficken für die Beförderung?«

Falls ignorierte die Frage, sagte:

»Angie, Ihre Mandantin, ist wieder draußen.«

Ellens Miene verdüsterte sich, und Falls meinte einen Anflug von ... Furcht zu erkennen. Ellen steckte eine neue Zigarette an, obwohl die alte noch brannte, wischte sich mit der Hand über die Augen, sagte:

»Das ist sie in der Tat.«

Falls begriff, dass die Frau am Rande irgendeines Nervenzusammenbruchs stand, und hakte nach:

»Wie konnte das geschehen? Ich dachte, sie wäre für alle Zeiten weggesperrt.«

Ellen stieß einen langen Seufzer aus, sagte:

»Sie hat sich zur Rechtsexpertin weitergebildet, wie viele von denen, haben nichts Besseres zu tun, denke ich … und sie hat eine Unstimmigkeit in meiner Verteidigung entdeckt, konnte nachweisen, dass ich bei ihrem Fall nicht auf der Höhe meines Talents war … Bingo, schon hat sie Berufung bekommen, und ich muss Ihnen ja nicht sagen, wie charmant sie sein kann … der neue Richter hat ihr aus der Hand gefressen, und vor zwei Wochen wurde sie entlassen.«

Falls war entsetzt, sagte:

»Aber sie hat mindestens drei Menschen ermordet, soweit wir wissen.«

Ellen lehnte sich zurück, wirkte völlig erschöpft, sagte:

»Ich praktiziere seit zwanzig Jahren und bin jeder Art von Mensch begegnet, die man sich vorstellen kann, und ja, ich habe alle mit ganzer Kraft verteidigt. Aber Angie war die Erste, bei der ich es mit der Angst bekommen habe. Bei meiner Verteidigung habe ich dafür gesorgt, dass sie schuldig gesprochen wurde. Das hat mir nicht den Schlaf geraubt, ganz selten gibt es solche wie sie, die nie wieder das Tageslicht sehen sollten.«

Falls fragte:

»Wissen Sie, wo sie ist?«

Ellen schüttelte den Kopf, dann:

»Sie hat mich angerufen und angekündigt, sie würde kommen, um die Rechnung zu begleichen.«

Dann sah sie Falls an, sagte:

»Sie haben vermutlich ebenfalls von ihr gehört.«

Falls stritt es gar nicht erst ab, sagte:

»Soll ich Ihnen Personenschutz besorgen?«

Ellen lächelte traurig und resigniert, sagte:

»Von Cops umgeben zu sein ist schlecht fürs Geschäft.«

Falls zog einen Stift und einen Zettel hervor, sagte:

»Hier ist meine Nummer. Wenn Sie Hilfe brauchen, bin ich da.«

Ellen nahm den Zettel nicht, sondern sagte nur:

»Passen Sie lieber selbst auf, vielleicht kommt sie zuerst zu Ihnen.«

Falls fühlte Wut aufblitzen. Es ging ihr gegen den Strich, diese energiegeladene Frau so am Boden zerstört zu sehen, und sie brüllte fast:

»Ich hab keine Angst vor ihr.«

Ellen hatte sich bereits wieder den Papieren auf ihrem Schreibtisch zugewandt, und Falls war schon an der Tür, als sie sagte:

»Das sollten Sie aber.«

Andrews parkte am Elephant and Castle, Falls stieg ein und sagte:

»Fahr nach Balham.«

Andrews sah Falls an, dass sie nicht gerade fröhlich gestimmt war, fragte trotzdem:

»Wie lautet unser Auftrag?«

Falls schwieg eine ganze Minute lang, sagte dann:

»Ein Cop auf Abwegen.«

Andrews wollte nicht nachbohren, sagte nur:

»Das ist nicht gut.«

Falls spie:

»Das ist total beschissen.«

Ich bin hier, um den Feminismus zu bekämpfen.
– Marc Lepine, bevor er an der Fachhochschule von
Montreal vierzehn Studentinnen ermordete

14

Porter Nash hatte sich Brants Fälle angesehen, um möglicherweise herauszufinden, wer den gravierendsten Grund haben mochte, ihm einen Auftragsmörder auf den Hals zu hetzen. Für einen Polizistenmord musste es schon was Ernstes sein. Die Sache war nur die, angesichts von Brants speziellem Ermittlungsstil gab es in fast jedem Fall irgendeinen infrage kommenden Verdächtigen. Bald stellte sich die Frage ... *wer würde ihn nicht erschießen wollen?*

Porter Nash war selbst mal versucht gewesen.

In den Akten stand natürlich nur das Offizielle, dabei waren neunzig Prozent von Brants Aktivitäten eher ... wie sagte man ... inoffiziell. Er war nicht die Art Cop, der Berichte über seine Arbeit verfasste. Er hing als Schreckgespenst über Südost-London. Nicht ein Verbrecher, Spitzel oder eine Nutte, die noch nie von ihm gehört hatten. Die beiden Menschen, die ihn vermutlich am besten kannten, wenn man das überhaupt sagen konnte, waren Roberts und Falls, und die sagten sehr wenig. Als Porter Falls angesprochen hatte, hatte sie gefaucht:

»Was, arbeitest du jetzt für die Scheiß-Interne?«

Brachte ihn zum Schweigen.

Und Roberts' Antwort lautete:

»Verhören Sie mich?«

Echt große Hilfe.

Doch mit den wenigen Daten, die ihm zur Verfügung standen, konnte Porter bereits einige Namen auf die Liste setzen. Erstens, eine Spanierin, die versucht hatte, Brant zu vergiften und acht Jahre für dieses Bemühen kassiert hatte. Sie war inzwischen entlassen worden, ihr Aufenthaltsort ... unbekannt. Zweitens, der legendäre Gangsterkönig Bill, der den Südosten beherrscht hatte, bis Brant ihm das Handwerk legte. Wie die meisten Rentnerkriminellen ließ er es sich an der Costa del Sol gut gehen. Und von Spanien aus ließ sich ein Mord problemlos in Auftrag geben, man brauchte bloß das nötige Kleingeld. Der Schütze, Terry Dunne, war nichts als ein Handlanger gewesen. Porter sah sich seine Akte an, er hatte zusammen mit seiner Freundin in Clapham gewohnt, Porter schrieb sich die Adresse auf und nahm sich vor, ihr einen Besuch abzustatten, vielleicht wusste sie, wer ihren verstorbenen Liebsten beauftragt hatte. Drittens, und jetzt spitzte Porter wirklich die Ohren, der Fall des Clapham-Vergewaltigers. Ein hundsgemeiner Serienvergewaltiger, der Clapham und Balham heimgesucht hatte, Falls war als Köder eingesetzt worden, McDonald sollte ihr Rückendeckung geben. Hatte es versaut, und Falls war von dem Vergewaltiger buchstäblich zu Fall gebracht worden, hatte ein Messer an ihrer Kehle, als Brant auftauchte, und was dann folgte, war ziemlich undurchsichtig geblieben … in dem folgenden Tohuwabohu war der Vergewaltiger in sein eigenes Messer *gefallen*. Es stank zum Himmel, aber da die Öffentlichkeit heilfroh war, den Vergewaltiger endlich los zu sein, hatte es nie eine Ermittlung gegeben.

Porter schaute seinen Namen nach.

Barry Lewis, zweiunddreißig Jahre alt, ein Imbisskoch. Er hatte einen Bruder, Rodney, Trader in der City. Porter lehnte sich zurück, er hatte die Aufnahmen der Anrufe bei Roberts gehört. Vornehme Sprechweise, arroganter Ton … ja, er klang genau wie all die anderen Finanzwichser, deren Bekanntschaft er gezwungenermaßen gemacht hatte.

Er unterstrich Rodneys Namen und Adresse, er wohnte in einem Apartment in Mayfair, was viel Geld bedeutete. Porter sagte laut:

»Rodney, ich werde dir mal einen Besuch abstatten.«

Der gute alte Rodney besaß die Kohle für einen Auftragsmord und, verdammt noch eins, ein Motiv hatte er auf jeden Fall. Auch das jahrelange Warten ergab Sinn. Alle würden davon ausgehen, er hätte damals sicher sofort reagiert. Porters Bauchgefühl sagte ihm, dass er auf etwas Vielversprechendes gestoßen war. Sein Telefon klingelte, wenn man vom Teufel sprach, es war Brant, der sagte:

»Ich werde heute entlassen.«

Porter sagte:

»Super, wie fühlst du dich denn?«

Eine Pause, er hörte Brant eine mindestens tödliche Menge Nikotin durchziehen, dann:

»Fühlen? ... Ich fühle mich stinksauer, wann holst du mich ab?«

Porter hatte nicht gewusst, dass diese Aufgabe ihm zufiel, sagte:

»Ich habe nicht gewusst, dass diese Aufgabe mir zufällt?«

Brant pfiff, es zerfetzte Porter das Trommelfell, dann:

»Ach, das ist eine Aufgabe, ja?«

Porter klappte die Akten zu, versuchte es mit:

»So habe ich es nicht gemeint, bin auf dem Weg.«

Falls Brant Dankbarkeit verspürte, behielt er sie für sich, sagte:

»Bring Kaffee mit. Die Plörre hier ist nicht mal was für Pakis.«

Porter seufzte, er würde sich nie an den beiläufigen Rassismus seiner Polizeikollegen gewöhnen. Er fragte:

»Sonst noch was?«

Ließ all seinen Sarkasmus in die Frage fließen. Brant sagte:

»Ein Plunderstück, und bitte richtigen Kaffee, nicht dieses Hipstergesöff, das ihr Schwuchteln trinkt.«

Klick.

Porter fragte sich zum hundertsten Mal, warum um alles in der Welt er die Freundschaft zu diesem ... Schwein aufrechterhielt?

Auf dem Weg nach draußen begegnete er Roberts, sagte, er wolle gerade los und Brant abholen. Roberts setzte ein grimmiges, wissendes Lächeln auf, fragte:

»Und wie ist er drauf?«

»Unverschämt wie Sau.«

»Ah, dann geht es ihm besser.«

Porter kam in schlechter Laune im Krankenhaus an, ein Arschloch hatte ihm auf der Fahrt den Weg abgeschnitten und ihm dann auch noch den Finger gezeigt. Verdammt, wenn er Zeit gehabt hätte, hätte er sich den Wichser geschnappt und ihm die Verkehrsregeln nur so um die Ohren gehauen.

Sein Diabetes spielte verrückt, seine Kontrollzeit war lange vorbei, die Zuckerwerte schon über den Anschlag hinaus.

Stress, der schlimmste Feind im Kampf gegen Diabetes, und seiner übertraf den von Tony Blair. Als er am Krankenhaus parkte, schon viel zu spät dran für Brant, kam ein Parkwächter auf ihn zugelaufen und brüllte:

»Ey, Sie ... was denken Sie sich eigentlich?«

Porter fuhr herum, der Typ war klein, aber bullig, und seine ganze Körpersprache drückte aus, dass er ein Scheißleben hatte und alle anderen dafür bezahlen müssten. Porter zog seinen Dienstausweis hervor, sagte:

»Reden Sie mit mir?«

Der Typ wich ein Stück zurück, kein großes, aber es reichte, und sagte:

»Die Parkplätze sind Krankenhausmitarbeitern vorbehalten, da sollen nicht mal Cops stehen.«

Er hatte eine Stimme, die nur das Jammern kannte, und Porter zügelte sich ein wenig, fragte:

»Wenn Sie ausgeraubt werden, wen rufen Sie dann?«

Der Typ erwiderte hämisch:

»Na, ganz sicher nicht die Bullen, die passen nur auf die Reichen auf.«

Porter musste fast lachen, auch noch ein Scheißsozi, er sagte:

»Tu dir 'nen Gefallen, verpiss dich.«

Der Typ hatte noch mehr in petto, beschloss aber, es gut sein zu lassen, beließ es bei:

»Ich drücke diesmal ein Auge zu.«

Porter schüttelte den Kopf und ging.

Er war nicht sicher, aber möglicherweise hatte der Typ ihm nachgerufen:

»Scheißschwuchtel.«

Brant glänzte in einem neuen Anzug, einem sehr teuren, blaues Hemd und die Krawatte des Polizeiverbands, feste Budapester-Schuhe, handgemacht, wie man an den Nähten sah, aber sein Gesicht war bleich, er plauderte mit einer Krankenschwester, ihrer Miene nach punktete er. Er drehte sich zu Porter um, sagte:

»Das ist Mary, waschechte Irin, hat mich in der Wanne abgerieben.«

Gab es darauf eine Antwort, die nicht bitter klang? Porter fragte:

»Bist du bereit?«

Brant stand auf, und Mary sagte:

»Ich hole den Rollstuhl.«

Brant sah Porter an, sagte:

»Regeln. Sie müssen einen vom Gelände rollen.«

Er ließ sich auf den Stuhl nieder, und als Mary losschieben wollte, winkte er ab, sagte:

»Mein Kollege übernimmt das, der gibt gern Speed.«

Ein nicht ganz so lustiger Insiderwitz. Brant hatte eine Literaturagentin überredet, ein von ihm verfasstes Buch zu kaufen, das Problem war nur, er hatte keins geschrieben, hatte dann Porter zu sich nach Hause gelockt, ihm Speed in den Kaffee gemischt und Porters Kriegsgeschichten mitgeschrieben. Das Buch trug den Titel *Kaliber* und stand kurz vor der Veröffentlichung. Als Porter ihm vorgeworfen hatte, ihm buchstäblich das Material geklaut zu haben, hatte Brant nur die Achseln gezuckt:

»Das is'n Roman, kümmert doch keinen.«

Porter hatte immer noch nicht ganz entschieden, wie er damit umgehen sollte. Er wusste aus bitterer Erfahrung, dass man gegen Brant nicht gewann, am Ende war man auf jeden Fall der Gefickte, und manchmal war es besser, sich einfach zu bücken.

Er schob Brant langsam vor sich her, bis der fauchte:

»Was zum Teufel ist los mit dir, schieb das Scheißding schon, führ dich nicht wie 'ne alte Oma auf.«

Porter überlegte, einfach loszulassen, mal sehen, was passieren würde, vielleicht kam gleich der 9er Bus und tat ihnen allen einen Gefallen.

Endlich hatte er Brant ins Auto verfrachtet, legte den Gang ein und gab Gummi.

Brant steckte sich sofort eine Kippe an, all den Aufklebern am Armaturenbrett zum Trotz, die BITTE NICHT RAUCHEN! anordneten.

Brant sagte:

»Ich hab gehört, du hast mir das Leben gerettet.«

Porter war verblüfft, mit allem hätte er bei Brant gerechnet, aber nicht damit, er zuckte die Achseln, sagte:

»War mehr so ein Reflex.«

Falls er Dankbarkeit erwartete, wurde er enttäuscht. Brant fragte:

»Du denkst wohl jetzt, ich bin dir was schuldig?«

In den Worten schwang Granithärte mit, der Tonfall war irischer Dickschädel. Porter sagte:

»Die Chinesen sagen, wenn man einem Menschen das Leben gerettet hat, ist man von da an verantwortlich für ihn.«

Er wusste, dass das wie kompletter Stuss klang.

Brant trat die Kippe auf der Fußmatte aus, Porter hätte ihm fast eine geballert. Brant sagte:

»Ich will niemandem was schuldig sein, klar?«

Porter hatte das Gefühl, in ihrer ganzen verworrenen Beziehung endlich mal leicht die Oberhand zu haben, aber er musste jetzt echt vorsichtig sein. Brant würde in dem Moment zubeißen, in dem man am wenigsten damit rechnete. Er sagte:

»Ich glaube, ich weiß, wer den Anschlag in Auftrag gegeben hat.«

Dann nannte er die Namen auf seiner Liste. Brant hörte aufmerksam zu.

Ein konzentrierter Brant war ein sehr gefährliches Tier.

Er sagte:

»Dreh um.«

Porter sagte überrascht:

»Was?«

»Bist du taub, wende den Scheißwagen, wir besuchen den Bruder des Clapham-Vergewaltigers, Rodney, so heißt er doch?«

Porter wendete, mitten im dichten Verkehr, begleitet von einem Hupkonzert. Brant zeigte allen den Stinkefinger. Porter fragte:

»Sollten wir nicht ein paar Beweise haben, bevor wir ihn konfrontieren?«

Brant schnaubte:

»Scheiß drauf, ich seh dann schon, ob er das Arschloch ist.«

Die Vehemenz dieser Worte und die von Porter verabscheute Fäkalsprache ließen ihn gefährliche Schlangenlinien fahren, aber er bekam den Wagen wieder unter Kontrolle und sagte:

»Er wohnt in Mayfair.«

Brant sagte kopfschüttelnd:

»Nicht gut, lass uns sein Büro ansteuern und die Copnummer abziehen, dann sehen seine Kollegen mal sein wahres Ich.«

Porter wand sich, Einschüchterung, obwohl er sie selbst einsetzte, war nie gut, und er warf ein:

»Und was, wenn er unschuldig ist?«

Brant lachte, ein hässliches Keckern, sagte:

»Dann muss er sich ja keine Sorgen machen, stimmt's?«

Sie waren fast in der City, der Geruch von Geld hing in der Luft, die Bombenanschläge hatte dem Geschäft Dellen zugefügt … klar … aber nicht lange … Geld erholt sich schneller als alles andere auf der Welt.

Fragt Donald Trump.

Brant lehnte sich vor, stellte das Radio an, natürlich ohne zu fragen:

»Im Ernst?«

Es lief »The First Cut is the Deepest«, und zu Porters Überraschung lauschte Brant aufmerksam und … sah aus, als würde er leiden, dann stellte er das Radio aus und fragte:

»Von wem ist das Lied?«

Ohne zu zögern, sagte Porter:

»Rod Stewart?«

Brant war erfreut, sagte:

»Das glauben alle. Ich wette zwanzig Kröten, dass es nicht stimmt.«

Porter war so erleichtert, ihn aus seiner Leidensstimmung herauskommen zu sehen, dass er sich auf die Wette einließ und fragte:

»Und wer, glaubst du, hat es geschrieben?«

Brant steckte sich die nächste Kippe an, Porter hätte seine Seele für einen Zug verkauft, Brant blies den Rauch aus und sagte:

»Ich glaube nicht, ich *weiß* es.«

Porter fand einen Parkplatz in der Nähe von Rodney Lewis' Büro, fragte nach:

»Okay, ist das jetzt ein Geheimnis, oder läuft unsere Wette?«

Brant lachte, sagte:

»Kinderleicht verdiente Kohle … es war Cat Stevens.«

Porter meinte, den Zwanziger schon im Portemonnaie zu spüren … *Cat Stevens* … ja, klar.

Freunde sagen, ich würde eine tapfere Miene aufsetzen –
Blödsinn! – Das ist bei Weitem das Anregendste, Aufregendste,
das mir je passiert ist.
– Jonathan King, Songwriter, Impresario, DJ ... verurteilt
wegen sexuellen Missbrauchs von Jungen

15

Das Gebäude, in dem Rodney Lewis sein Büro hatte, war auf diese speziell englische Weise beeindruckend, die einem indirekt mitteilte, dass hier *Reichtum im Überfluss* herrschte, und wer nicht genug Schotter besaß, hatte irgendwas falsch gemacht. Lewis' Büroräume waren geräumig und hell, hinter einem großen Schreibtisch saß eine streng aussehende Sekretärin. Porter hatte eben noch gefragt:

»Wie willst du vorgehen?«

Brant, ohne innezuhalten, hatte entgegnet:

»Wie, vorgehen? Rede Klartext, verdammt.«

Porter erkundigte sich, ob sie das alte Spiel von guter Cop/böser Cop spielen wollten?

Brant sagte:

»Nur wenn ich den guten Cop geben darf, ich habe genug davon, immer der harte Kerl zu sein.«

Porter wollte brüllen:

»Was glaubst du, wie es uns geht?«

Sagte:

»Okay, ist mal eine schöne Abwechslung.«

Die Sekretärin war nicht erfreut, sie zu sehen, Porter fragte, ob sie kurz mit Mr Rodney Lewis sprechen könnten? Ihre Miene sagte, eher lernen Schweine fliegen, sie fauchte:

»Haben Sie einen Termin? Mr Lewis ist ein sehr beschäftigter Mann.«

Porter wollte gerade auf harter Kerl machen, als Brant sagte:

»Sagen Sie ihm, die Cops sind da, es geht um einen Mordanschlag auf einen Polizisten.«

Sie war sprachlos, Porter starrte Brant mit offenem Mund an, Brant sagte:

»Mach den Mund zu, du siehst aus wie ein Trottel.«

Die Sekretärin erhob sich und verschwand hinter einer Eichentür. Brant sagte:

»Wahrscheinlich will sie eine rauchen.«

Porter sagte wütend:

»Was ist mit unserer Abmachung?«

Brant steckte einige Stifte vom Schreibtisch der Sekretärin in seine Tasche und sagte:

»Das fandest du böse? Mann, das war meine ganz sanfte Seite.«

Die Sekretärin kam zurück und sagte:

»Mr Lewis empfängt Sie, die letzte Tür rechts.«

Brant zwinkerte ihr zu, und sie machten sich auf den Weg. Porter wollte gerade anklopfen, aber Brant stieß die Tür einfach auf und marschierte ins Büro.

Rodney Lewis hatte eins dieser Dinger im Ohr, mit denen man am Handy telefonieren kann und die Hände frei hat, er war Ende vierzig, trug Nadelstreifen, das volle graue Haar war sorgfältig frisiert. Er hatte einiges auf den Rippen, die Art Kilos, die von gutem Essen herrühren, und seine wachen dunklen Augen betrachteten sie mit latentem Desinteresse. Er strahlte Selbstbewusstsein und Reichtum aus, beides in rauen Mengen. Die Unterlippe verzog sich leicht spöttisch, als er fragte:

»Meine Herren, womit habe ich Ihren Besuch verdient?«

Porter hätte fast geschworen, dass er wie der Typ auf dem Tonband klang, das vornehme Näseln mit der Arroganz darin. Brant ließ sich auf einen Stuhl plumpsen, zur Rechten von Lewis, Porter blieb stehen. Brant fragte:

»Warum wollten Sie mich erschießen lassen?«

Lewis saß einen Moment lang stocksteif da, erholte sich dann, griff zum Telefon, sagte zu Porter:

»Ich glaube, ich rufe jetzt mal meinen Anwalt an.«

Porter sah Brant an, der sich natürlich eine Kippe ansteckte, dann sagte er:

»Das ist nicht nötig, Sir. Wir wollten nur fragen, ob Sie uns ein paar Fragen bezüglich eines Mordanschlags auf einen Polizisten beantworten könnten?«

Lewis warf Brant einen langen Blick zu, sagte dann:

»Natürlich, Sergeant Brant, der am Tod meines Bruders beteiligt war, und jetzt glauben Sie, dass ich mich rächen will?«

Brant schwieg weiterhin, rauchte aber, als hinge sein Leben davon ab. Porter versuchte es mit:

»Sie werden verstehen, Sir, dass wir jeden befragen, der vielleicht Anlass zur Wut auf den Sergeant hat.«

Lewis begann, Ziffern in sein Handy zu tippen, und Porter sagte:

»Nun, danke, dass Sie sich die Zeit genommen haben, Sir, wir gehen dann jetzt, entschuldigen Sie die Unannehmlichkeiten.«

Porter hatte keine Ahnung, was Brant vorhatte, aber zu seiner Überraschung und beträchtlichen Erleichterung stand Brant auf, beugte sich über den Schreibtisch und ließ seine Kippe in Lewis' Kaffeetasse fallen. Dann waren sie an der Tür, und Porter merkte, dass er schwitzte. Brant drehte sich um, fragte:

»Wie kann es sein, dass ein Arschloch wie Sie mit all Ihrem Geld es nicht hinkriegt, jemanden zu beauftragen, der auch schießen kann?«

Lewis sah Brant in die Augen, sagte:

»Ich hoffe, Sie haben Ihr kleines Spielchen genossen, Sergeant. Ich sorge dafür, dass morgen Ihr Dienstausweis einkassiert wird. Ihre Aggro-Tage sind vorüber.«

Brant sah aus, als würde er auf Lewis losgehen wollen, und Porter machte sich bereit, das zu verhindern. Brant sagte:

»Ihr Bruder, der Vergewaltiger, das war ein Stück Scheiße, aber Sie sind noch was viel Schlimmeres.«

Als sie draußen auf der Straße standen, hob Porter an:

»Was zum Henker ist los mit dir? Ich dachte, wir wären uns einig, dass du den guten Cop gibst.«

Brant ging zum Auto, sagte:

»Das war mein guter Cop. Wäre ich der andere gewesen, würde Lewis etwa jetzt hier auf den Boden knallen.«

Er schaute an dem Gebäude hoch, fragte:

»Was meinst du, sind das zehn Stockwerke? Würde das reichen, wenn er aus dem Fenster flöge?«

Porter warf angewidert die Arme hoch, stieg in den Wagen, Brant war am Handy und wartete kurz, sagte dann:

»Einen wunderschönen Nachmittag, ich finde die Sendung super, ich wollte mal fragen, ob ihr mir sagen könnt, wer ›First Cut‹ geschrieben hat?«

Er nickte, legte auf, sagte:

»Du schuldest mir einen Zwanziger.«

Porter seufzte, ein Seufzer, der all die Male enthielt, die Brant ihn auf die Palme gebracht hatte, fragte:

»Und jetzt?«

Brant sagte in perfektem P.G.-Wodehouse-Tonfall:

»Heimwärts, Jeeves, heimwärts.«

16

Falls und Andrews statteten Tim Peters einen Besuch ab, dem Mann, der behauptet hatte, ein Cop habe seine Bürgerwehr angeführt. Falls hatte mal den Spruch gehört *Vertrau nie einem Mann mit zwei Vornamen.*

Der Mann sah aus wie ein Schauermann in alt, bestimmt um die siebzig.

Falls sagte:

»Mr Peters, würden Sie uns die ganze Geschichte bitte noch mal erzählen, damit wir sicher sind, dass wir alle Details haben.«

»Tim.«

Falls hielt inne, fragte:

»Was?«

Einst war er ein Hüne gewesen, aber das Alter hatte seine Kraft schwinden lassen. Seine Stimme war heiser, als hätte er schon tausend Zigaretten geraucht und wäre noch nicht am Ende. Er lächelte, zeigte sein falsches Gebiss, Kassenleistung, strahlend weiß. Er sagte:

»Bitte nennen Sie mich Tim.«

Das konnte sie schon machen, vor allem aber wollte Falls, dass er auspackte. Eine Rentner-Bürgerwehr, echt mal. Andrews, die Falls unbedingt beeindrucken wollte, übernahm, sagte:

»Also, Tim, können wir alles noch mal von Anfang an hören?«

Er zog einen Plastikbeutel und einige Blättchen hervor, bot ihnen davon an, sie lehnten ab, geübt drehte er sich eine. Während er das Papier ableckte, sagte er:

»Bill …«

Seine Stimme versagte, trauerbelegt, dann fuhr er fort:

»Möge er in Frieden ruhen, er hat einen Cop auf Streife gesehen, vor dem neuen Einkaufszentrum in Balham?«

Falls war klar, wie leicht sich herausfinden ließe, wer da Dienst gehabt hatte, und sie hatte bereits eine düstere Ahnung, um wen es ging. Nur ein Kollege bekam diese Scheißjobs ab.

Er fuhr fort:

»Bill hat gesehen, wie er einen von diesen Hoodie-Jungs an die Wand gedrückt hat, das hat ihn beeindruckt. Diese Jungs ziehen sich die Kapuzen ins Gesicht, um Schrecken zu verbreiten, und so sind die beiden ins Gespräch gekommen. Bill hat ihm erzählt, was für Probleme wir hier im Viertel haben.«

Andrews unterbrach:

»Was für Probleme sind das?«

Falls warf ihr einen bösen Blick, Herrgott noch mal, unterbrich nie den Redefluss eines Zeugen. Er war verwirrt, besann sich, dann:

»Die versammeln sich jedes Wochenende, krakeelen und saufen, nehmen irgendwelche Drogen, bestimmt dieses Crack, drehen ganz schreckliche Musik auf, dieses Rap-Zeugs, und manchmal werfen sie einem einen Stein durchs Fenster. Und wenn man rausgeht? Tja, das lässt man schön sein, es sind zu viele, der Anführer ein Paki mit dem Spitznamen Trick. Echter Dreckskerl.«

Andrews tat es schon wieder, fragte:

»Warum haben Sie nicht die Polizei gerufen?«

Er lachte noch etwas lauter als Falls und sagte dann:

»Klar, die kommen mit Blaulicht hier in unsere Gegend gerast, wir sind höchste Priorität.«

Seine Bitterkeit saß tief und fest, er fuhr fort:

»Also, dieser Cop hat vorgeschlagen, dass wir uns zusammentun, das Problem selber lösen.«

Wieder Andrews:

»Tim, ich bin überrascht, dass Sie sich so leicht dazu haben überreden lassen, eine kriminelle Vereinigung zu gründen, denn nichts anderes ist es ja.«

Sie zuckte zusammen, als er brüllte:

»Kriminell? Ich sag dir mal, was kriminell ist, Mädel, nämlich in Angst und Schrecken leben zu müssen.«

Falls lächelte beinahe, Andrews hielt den Mund. Er sagte:

»Es schien, als wären unsere Gebete erhört worden, und es lief gut ...«

Bei dem Gedanken an das in Bills Wohnzimmer ausgebreitete Waffenarsenal leuchteten seine Augen kurz auf. Mit kräftiger Stimme fuhr er fort:

»Die kleinen Stinker wussten nicht, wie ihnen geschah, und der Sieg war unser, bis Bill ... bis Bill, na ja ... Sie wissen schon.«

Andrews versuchte, sich wieder ins Spiel zu bringen, sagte:

»Bitte beschreiben Sie den angeblichen Polizisten.«

Er schüttelte den Kopf, sagte:

»Nicht nötig.«

Falls erwärmte sich langsam für den Mann. Andrews setzte sich auf und sagte in regelrecht bockigem Ton:

»Wollen Sie sich etwa weigern, uns ...«

Er schnitt ihr das Wort ab:

»Beruhig dich, Mädel. Ich brauche ihn nicht zu beschreiben.«

Andrews war aufgestanden und beugte sich über ihn, sagte:

»Sir, ich muss Sie daran erinnern, dass die Behinderung polizeilicher Ermittlungen ...«

Er hob die Hand, damit sie ihre Klappe hielt, sagte:

»Ich hab ein Foto.«

Beide Polizistinnen schwiegen. Er erhob sich, ging zu einer Kommode, sagte: »Meine Nichte hat mir eins dieser Kamerahandydinger gegeben, und ich hab einen Schnappschuss von ihm gemacht, bevor wir in den Krieg gezogen sind.«

Er hielt ihnen das Handy hin. Falls war auf den Beinen, riss ihm das Handy aus der Hand, klappte es auf, drückte auf den Knopf, das Foto erschien auf dem Display, und ihr wurde schwer ums Herz.

McDonald in seiner ganzen Pracht, der verdammte Idiot. Andrews streckte die Hand nach dem Handy aus, aber Falls klappte es zu und sagte zu Tim:

»Das müssen wir als Beweismittel mitnehmen.«

Er fragte aufgebracht:

»Wie soll ich dann meine Nichte anrufen?«

Falls war auf dem Weg zur Tür, sagte:

»Wir sorgen dafür, dass Sie es heute Abend wiederbekommen. Danke für Ihre Mithilfe.«

Andrews sah aus, als hätte sie keine Ahnung, was Falls vorhatte, folgte ihr aber. Tim stand auf dem Weg vor dem Haus, fragte:

»Komm ich ins Fernsehen?«

Falls warf ihm einen kurzen Blick zu, armer Idiot, und verspürte kurz Mitleid, das sie schnell unterdrückte. Sie sagte:

»Oh, Sie werden richtig berühmt.«

Seine Augen leuchteten auf, die Zähne strahlten in dem uralten Gesicht, und in dem Lächeln sah sie den Mann, der er einst gewesen war.

Andrews legte den Gang ein, fragte:

»Zurück aufs Revier?«

Falls hielt das Handy in den Händen, sagte:

»Fahr über die Lambeth Bridge.«

Andrews, stolz darauf, wie gut sie sich in der Gegend schon auskannte, sagte:

»Es gibt einen kürzeren Weg.«

Falls packte sie am Arm, zischte:

»Scheiße noch mal, mach heute wenigstens einmal das, was man dir sagt, und verkneif dir die verdammten Fragen, du hast mit deinem Verhör nach Vorschrift schon einen Eins-A-Zeugen versaut. Was zum Teufel ist los mit dir?«

Andrews wollte sagen:

»Zeig mir das Foto.«

Sie erreichten die Brücke, überraschenderweise war dort nur wenig Verkehr. Falls sagte:

»Halt an.«

Sie ließ das Fenster runter, nahm das Handy fest in die Hand, schmiss es dann in weitem Bogen über das Geländer und legte den Kopf schief, als würde sie auf den Platscher warten.

Hörte nichts.

Andrews japste auf. Sie konnte nicht glauben, was sie gerade erlebt hatte, und als sie ihre Stimme wiederfand, sagte sie:

»Das war ein Beweismittel.«

Falls sah sie nicht an, sagte bloß:

»Nein, das war Munition.«

Ich wünschte, ich könnte ein Buch schreiben und müsste nicht meinen Lebensunterhalt verdienen.

– John W. Dean, Watergate-Verschwörer

17

Andrews dachte lange darüber nach, ob sie Falls melden sollte. Sie kannte die Regeln ... *verpetze niemals einen anderen Cop.* Auch wenn man manche Kollegen vielleicht nicht mochte, und ihr fielen auf Anhieb mindestens sechs ein, die sie regelrecht verachtete, aber ... man hielt zu ihnen. Der Feind waren die Zivilisten. Andererseits hatte Falls sie wie Scheiße behandelt, jawohl, als könnte man ihr nicht vertrauen und ihr das Foto des Schurkencops zeigen.

Scheiß drauf!

Und wenn sie Falls melden würde, wäre die ihre Streifen los, das war mal sicher, die hätte Glück, nicht gleich rausgeschmissen zu werden, und das bedeutete eine freie Stelle. Andrews war noch relativ neu bei der Polizei, aber eins wusste sie mit Sicherheit, dass den hohen Tieren ein weißes Gesicht auf jeden Fall lieber war.

Dann redete sie sich ein, mal abgesehen von diesen ganzen Überlegungen war sie moralisch gezwungen, das Richtige zu tun, und das war, Falls in die Pfanne zu hauen.

Entschuldigung, die Vernichtung von Beweismitteln zu melden.

Derart moralisch erhaben machte sie sich auf den Weg zum Büro des Super, wo sie enttäuscht feststellte, dass er zum Golfen gegangen war. Sie drehte um und stieß fast mit Roberts zusammen. Er fragte:

»Was gibt's?«

Jetzt oder nie, also bat sie darum, kurz mit ihm sprechen zu dürfen, unter vier Augen. Er willigte ein und führte sie in sein Büro, schloss die Tür, zeigte auf einen Stuhl.

Sie setzte sich.

Er hockte auf der Tischkante und nickte ihr zu. Sie erzählte ihm alles. Seine Miene blieb neutral, sie war ziemlich sicher, ihn beeindruckt zu haben. Der Eifer, den sie an den Tag legte, war schließlich außergewöhnlich. Sie lehnte sich zurück, rechnete mit einer Lobeshymne, vielleicht würde er sogar ihre Ernennung zum stellvertretenden Sergeant unterstützen.

Er sagte:

»Sie verdammte Petze.«

Und hielt ihr einen zehnminütigen Vortrag über Loyalität, Verräter bei der Polizei und was man mit denen machte, und schloss mit:

»Sie wollen Polizistin bleiben?«

Sie versicherte es ihm, und er schnauzte:

»Dann halten Sie Ihre verdammte Klappe. Und jetzt raus aus meinem Büro.«

Sie trat vernichtet vor die Tür, Porter kam vorbei, fragte:

»Alles in Ordnung, Kleine?«

Ohne eine Antwort zu geben, marschierte sie von dannen. Er klopfte an Roberts' Tür, hörte:

»Kommen Sie rein.«

Roberts schenkte Whisky in einen Becher, sagte:

»Wollen Sie auch einen?«

Porter fand, dass es dafür noch ein wenig zu früh war, für sie beide, aber Roberts' Gesichtsausdruck ließ ihn verstummen. Er schüttelte lediglich den Kopf, und Roberts fragte:

»Haben Sie je *Serpico* gesehen?«

Hatte Porter, alles mit Pacino hatte er mehrmals geguckt. Er bejahte, und Roberts fragte:

»Finden Sie das gut, Cops zu verpfeifen?«

Porter erkannte die Fangfrage, rettete sich mit:

»Wir müssen zusammenhalten.«

Und fing sich Roberts' Blick ein, den, der besagte:

»Wollen Sie mich verarschen?«

Also stellte er die naheliegende Frage:

»Denken Sie daran, jemanden bloßzustellen?«

Roberts warf ihm einen Blick von solch vernichtender Verachtung zu, dass er ihn bis ins Steißbein spürte. Roberts sagte:

»Lieber erschieße ich mich, als einen Kollegen reinzureiten.«

Porter wusste darauf keine Antwort. Er hatte das Gefühl, Roberts testete, ob er, Porter, jemand wäre, der unter gewissen Umständen einen Polizeikollegen verpfeifen würde. Er setzte eine Miene auf, von der er hoffte, sie würde ausdrücken ... *Ich?* ... *Scheiße, nein, ich würde niemals einen Kollegen verpetzen.*

Roberts sagte:

»Andrews hat da so 'ne Schnapsidee. Kann sein, dass sie jemanden verrät.«

Porter wollte fragen, wen, beließ es aber bei:

»Sie ist jung, sie wird's noch lernen.«

Roberts' Gesicht war vor unterdrückter Wut versteinert, er sagte:

»Das hoffe ich für sie.«

Es folgte unbehagliches Schweigen, und Porter wusste nicht richtig, was er machen sollte. Roberts fragte:

»Was ist da mit Brant los?«

Porter berichtete von ihrer Begegnung mit Rodney Lewis.

Roberts' Lächeln war weder warm noch humorvoll, es drückte aus, dass er nichts anderes von Brant erwartet hatte. Er sagte:

»Ich vermute mal, dieser Lewis kann Strippen ziehen.«

Typen mit Jobs in der City hatten normalerweise einen Draht zum Super: Geld, Freimaurer, Golf, das übliche Netzwerk. Porter sagte:

»Wenn er Brant anzeigt, und das wird er wahrscheinlich, dann ist Brant am Arsch.«

Roberts dachte darüber nach, sagte:

»Brant ist immer am Arsch.«

Kein Widerspruch.

Roberts fragte:

»Was sagt Ihr Bauchgefühl, ist Lewis derjenige, der den Mordanschlag in Auftrag gegeben hat?«

Porter bedachte dies sorgfältig. Wenn man sich bei Roberts festlegte, nahm er einen beim Wort. Er sagte:

»Er hat ganz sicher ein Motiv und genug Geld für einen Mordauftrag.«

Roberts blätterte durch ein paar Akten, sagte:

»Der tote Schütze, Terry Dunne, der hatte eine Freundin. Gehen Sie hin, finden Sie raus, was sie weiß, vielleicht kann sie was über den Deal sagen.«

Porter hielt das für keine schlechte Idee, aber bevor er dies äußern konnte, schnauzte Roberts:

»Was machen Sie noch hier, die kommt nicht von allein zu Ihnen, bewegen Sie Ihren Arsch.«

Porter fielen dazu diverse Reaktionen ein, die alle mit Gewalt einhergingen. Er stand auf und sagte:

»Sofort, Sir.«

Als er an der Tür war, sagte Roberts:

»Wenn Sie Andrews sehen, waschen Sie ihr den Kopf, klar.«

Würde er tun.

Draußen murmelte er:

»Fuck.«

Der Ami-Cop, Wallace, kam den Flur entlangmarschiert, einen großen Starbucks-Becher in der Faust. Sagte:

»Porter, was geht?«

Porter sah ihn an und fragte aus einem Impuls heraus:

»Wollen Sie sehen, wie wir mögliche Zeugen einschüchtern?«

Wallace warf seinen Becher in einem hohen, weiten Bogen und … kawumm, er landete im Mülleimer. Er sagte:

»Worauf warten wir, Einschüchterung ist meine Spezialität.«

Sie holten sich einen Dienstwagen, zu Porters Missmut war nur noch ein Volvo verfügbar. Er sagte:

»Da kann man auch gleich *Cops* draufschreiben.«

Wallace fragte, ob er fahren könne.

Konnte er.

Die Kupplung knirschte, als er zu schalten versuchte, er fragte:

»Was ist bloß los mit euch Jungs? Habt ihr noch nie was von Automatik gehört?«

Porter amüsierte sich, sagte:

»Haben wir schon, aber wir mögen's gerne hart.«

Wallace hatte endlich den Dreh raus, sagte:

»Ja, ich hab die Pisse getrunken, die ihr hier als Bier verkauft.«

Wallaces Hünenkörper belegte den Großteil der Vordersitze, und Porter musste sich ans Fenster quetschen. Er fragte:

»Sollten Sie nicht so Spionageabwehrsachen machen?«

Wallace warf ihm einen unlesbaren Blick zu, fragte:

»Wieso glauben Sie, dass ich das nicht mache?«

18

Falls stattete McDonald einen Besuch ab, sie hatte auf dem Dienstplan nachgesehen, es war sein freier Tag. Sie machte sich frühmorgens auf den Weg, suchte auf dem Klingelschild seinen Namen, er wohnte im Erdgeschoss, sie klingelte, lächelte, dachte:

Dir werden die Ohren gleich noch ganz anders klingeln.

Ihr Lächeln war grimmig und verkündete Unheil. Sie hörte:

»Ja?«

Er klang verschlafen, sie sagte:

»Ich bin's, Falls, ich muss mit dir reden.«

Eine Pause, dann:

»Kann das nicht warten?«

Sie sagte:

»Nur, wenn es dir nichts ausmacht, in den Knast zu wandern.«

Es summte, sie trat ein.

Er öffnete vorsichtig die Tür, musterte sie, sie sah die schmale Linie des weißen Puders auf seiner Oberlippe, dachte:

Oh, oh.

Er ließ sie rein, schaute sich noch einmal auf dem Flur um und schloss erst dann die Tür. Sie fragte:

»Wie paranoid bist du?«

Sein Gesicht war aschgrau wie bei allen Gewohnheitskoksern, die Pupillen stecknadelgroß, die Bewegungen fahrig und sein Körper angespannt. Sie kannte das aus bitterer Erfahrung.

Er trug eine Jogginghose und ein T-Shirt mit dem Spruch:

THUGS GET LONELY TOO

Tupac.

Sie fragte sich, ob er das wusste.

Dann bemerkte sie die Browning in seiner rechten Hand und zuckte zusammen. Die hätte sie gleich sehen müssen. Sie fragte: »Erwartest du Besuch?«

Er betrachtete die Pistole, als wäre es das erste Mal, sagte: »Da draußen wird auf Cops geschossen.«

Die Wohnung war ein Saustall, überall Take-away-Behälter, Klamotten auf dem Boden, leere Flaschen entlang der Wände, und der Geruch von Gras mischte sich mit dem von Verzweiflung. Er sagte: »Setz dich.«

Sie hockte sich vorsichtig auf eine Stuhlkante. Er tigerte umher, fragte:

»Kann ich dir was anbieten?«

Um Zeit zu gewinnen, sagte sie:

»Tee, eine schöne Kanne Tee wäre toll.«

Er lachte irre, sagte:

»Wie verdammt britisch ist das denn, und du ... schwarz wie meine Schuhe. Find ich super, willst du einen Schuss Rum?«

Glaubte er, sie käme aus ... Scheiß-Jamaika?

Er hielt die Browning immer noch locker in der rechten Hand. Sie sagte mit leichter Stimme:

»Ich fände es besser, wenn du die Waffe weglegen würdest.«

Er versank einen Moment lang in sich, der Blick verlor sich, und sie überlegte, ihm die Browning abzunehmen. Dann kam er zu sich, sagte:

»Tee ... klar, kommt sofort.«

Und verschwand in der Küche. Auf dem Couchtisch lagen Zeitungen, aufgeschlagen bei den Stellenanzeigen. Ausschreibungen für Sicherheitspersonal rot umkringelt.

Sie tippte darauf, dass sein nächster Job im Knast sein würde.

Zu ihrer Überraschung kehrte er mit einem Tablett zurück, darauf ein weißes Deckchen, eine Teekanne, zwei halbwegs saubere Tassen. Er wirkte gefasster, vermutlich hatte er in der Küche wieder eine Line gezogen … oder zwei. Er lächelte, fragte:

»Was los?«

Sie sah ihn direkt an, sagte:

»Du hast einen Riesenhaufen Ärger an der Backe.«

Das ließ ihn kalt, sie wusste, dass das Koks ihm einflüsterte:

»Keine große Sache.«

Sie holte aus zum Rundumschlag, die Zeugenaussage von Tim Peters, das Bürgerwehr-Debakel, die Ernsthaftigkeit des Vorwurfs, eine Bürgerwehr angestiftet und, noch viel schlimmer, organisiert und angeführt zu haben. Er hörte zu, sagte:

»Die können nix beweisen.«

Sie beugte sich vor, sagte:

»Du blöder Wichser. Der Typ hat ein Foto von dir.«

Das kam an, er brüllte:

»Herrgott, wer hat das gesehen, wo ist es?«

Sie war versucht, ihn schwitzen zu lassen, aber er war schon zu hinüber. Sie sagte:

»Nur ich, und es liegt auf dem Grund der Themse.«

Er brauchte eine Minute, um das zu verdauen, dann fragte er:

»Warum solltest du mir helfen. Du hast mich immer gehasst.«

Gehasst.

Sie wollte sagen:

»Hör zu, Matschbirne, um dich zu hassen, müsstest du mir erst mal wichtig genug sein.«

Sie sagte:

»Du bist Cop. Da hält man zusammen.«

Das Koks haute den nächsten Lukas, er sagte höhnisch:

»Echt nobel von dir.«

Sie dachte, sie sollte ihn einfach in der Scheiße stecken lassen, versuchte es aber mit:

»Du bist noch nicht aus dem Schneider. Es wird eine Ermittlung geben, deine Beschreibung liegt vor, und laut Dienstplan warst du an dem Tag, an dem Bill dich angesprochen hat, vor dem Einkaufszentrum auf Streife.«

Er wurde bleich, hielt aber dagegen:

»Fick die doch, die sollen nur kommen.«

Sie stand auf, sagte:

»Ich hab dich gedeckt, aber sollte es eine Ermittlung geben, weiß ich nicht, ob dich irgendwer retten kann.«

Er winkte ab. Sie wusste, dass er bereits die nächste Koksline vor sich sah, sie kannte das Spiel. Er sagte:

»Mach dir nicht in die Hose, ich krieg das schon hin.«

An der Tür wollte sie ihm erst anbieten, sie anzurufen, wenn er sie brauchte, dachte dann aber:

Scheiß drauf.

Er war schon mit den Koksvorbereitungen beschäftigt, sagte:

»Pass auf dich auf, Süße.«

Draußen fragte sie sich, ob sie in ihrer Zeit mit dem Nasenpuder auch so grottendämlich gewesen war.

Vermutlich.

19

Porter war in sauschlechter Stimmung und schob in der Kantine eine abgestandene Tasse Tee auf dem Tisch herum, als Wallace hereinwehte, frisch wie der junge Morgen und voll gütiger Jovialität, Porter war seit … gut sechs Monaten nicht mehr flachgelegt worden … verdammt.

Er starrte Wallace finster an, sagte:

»Was genau machst du eigentlich, außer rumzuschwarwenzeln, dich zu besaufen, dich aufzuführen, als würde alles dir gehören?«

Wallace zeigte das, was Belletristen, wenn sie auf Getto machen wollen, als Scheißefressergrinsen bezeichnen, fragte:

»Wenn du sehen willst, was ich mache, dann komm hoch von deinem Hintern, Buddy, ich zeig's dir.«

Porter dachte:

Ach, zur Hölle.

Sagte:

»Ich bin bereit.«

Wallace warf ihm einen seltsamen Blick zu, die Art, die besagte … *Sind Schwule nicht immer …* »bereit«?

Draußen wartete ein schwarzer BMW mit laufendem Motor auf sie, Porter pfiff anerkennend, fragte:

»Deine Karre?«

Wallace setzte sich ans Steuer, sagte:

»Pimp my ride.«

Finde darauf mal eine Antwort.

Porter versuchte es gar nicht erst.

Wallace sagte:

»Wir haben einen Verdächtigen, scheint Verbindungen zu

haben zu einem weiteren geplanten Bombenattentat auf eure schöne Stadt.«

Porter fragte:

»Sollten wir nicht Verstärkung anfordern?«

Wallace fuhr schnell und mit einer Geschmeidigkeit, die sein Selbstbewusstsein zu verbildlichen schien, der große Wagen schnurrte in seinen Händen. Er schnürte durch das Verkehrschaos, zog seine Jacke auf und enthüllte eine gottverdammte Magnum am Gürtel. Er sagte:

»Ich hab doch dich, Buddy, und dieses Baby hier bei mir.«

Dann sah er Porter an, sagte:

»Du lässt mich doch nicht im Stich, oder, Bro?«

Bevor Porter antworten konnte, fuhr Wallace fort:

»Ich hab dich immer als Macher gesehen. Sag bloß nicht, ich hätte 'ne Niete gezogen. Wenn du dem Typen nicht gewachsen bist, mach jetzt das Maul auf, hast du gehört?«

Das war nicht schwer, er brüllte geradezu, und Porter sagte:

»Ich bin drin.«

Wallace gluckste, ein Geräusch, das tief aus dem Bauch nach oben gluckerte, sagte:

»Das Schönste, was ein Mann sagen kann, stimmt's?«

Porter wünschte, er hätte mehr dabei als nur sein Portemonnaie.

Stellen Sie sich bei der Begehung eines Tatorts niemals direkt neben einen anderen Polizisten. Wenn Sie getrennt stehen, bieten Sie eine kleinere Zielfläche und können den Tatort aus zwei Perspektiven begutachten.
– Handbuch der Polizeiarbeit

20

Wallace bog in eine ruhige Wohnstraße am Clapham Common ein, und Porter dachte:

Ist das nicht immer so, die Irren wohnen am ruhigsten.

Wer die Welt in Schutt und Asche legen wollte, war vermutlich froh, nach einem langen Arbeitstag in ein gemütliches Heim zurückkehren zu können. Wer Menschen in die Luft jagte, freute sich sicher, zu Hause die Füße hochlegen zu können und bei einer schönen Tasse Tee seine Lieblingssoap zu gucken. Er musste sich zusammenreißen, er war schon schlimmer als Brant, ging bereits davon aus, dass der Typ/die Frau/der Verdächtige tatsächlich schuldig war.

Wallace sagte:

»Yo, Erde an Nash, kommste oder was?«

Porter fragte:

»Kannst du mir ein paar Infos geben, wen wir da … *befragen?*«

Wallace lachte, sagte:

»Ihr Briten, ihr drückt euch echt komisch aus, der Typ heißt Shamar Olaf, ist das nicht zum Totlachen. Kam als ganz gewöhnlicher Joe Donnell zur Welt, wurde aber umgedreht und hat sich in Pakistan und in Trainingslagern in Libyen aufgehalten. Ein echter Kracher.«

Wallace war schon halb ausgestiegen, und Porter sagte:

»Wir haben doch Beweise, ich meine, das ist nicht bloß ein Bauchgefühl?«

Wallace schloss sanft die Fahrertür und sagte:

»Ein Informant … Gott schütze die verdammten Verräter, außerdem hab ich eine Nase für solche Dinge, der Typ ist echt.«

Sie gingen auf das dritte Haus zu, ein hübscher, gepflegter Garten, frisch gestrichene Fassade, die Gardinen zugezogen. Wallace sagte: »Du tust, was ich sage, klar?«

Klar.

Wallace zog ein paar kleine Werkzeuge hervor, Sekunden später war die Tür geöffnet, Porter packte Wallace am Arm und flüsterte: »Wir haben doch einen Beschluss?«

Wallace sagte:

»Fass mich nie wieder an, und hier ist mein Beschluss.«

Er zog die Magnum aus dem Gürtel, die in seiner Pranke tatsächlich recht klein wirkte, deutete auf die Treppe und schickte Porter dann mit einer Geste in die beiden Zimmer im Erdgeschoss. Wallace schlängelte die Treppe hinauf, und Porter, dessen Herz Rumba tanzte, öffnete die erste Tür, rechnete jede Sekunde damit, weggeblasen zu werden, und wünschte sich, Brant im Rücken zu haben. Hinter der Tür die Küche, leer. Er wischte sich den Schweiß von der Stirn und begab sich zum nächsten Zimmer, atmete tief ein, öffnete die Tür, wieder nichts. Ein Wohnzimmer, großer Fernseher und viele Bücher. Bevor er ausatmen konnte, vernahm er ein lautes Rumpeln und rannte in den Flur, wo ein Mensch die Treppe runterpurzelte und als Haufen auf dem Boden landete. Der Mann wimmerte. Er trug einen Schlafanzug, stöhnte und versuchte, sich aufzusetzen. Er schien Ende dreißig zu sein, war schlank, das Gesicht unauffällig. Wallace kam die Treppe runter und sagte:

»Darf ich vorstellen, Shamar, dem das Ganze hier ganz und gar nicht passt … stimmt's, Buddy?«

Wallace packte ihn bei den Haaren, sah Porter an, fragte:

»Gibt's hier 'ne Küche?«

Porter nickte und ging voraus. Wallace schleifte den stöhnenden Mann hinter sich her, zog ihn in der Küche auf die Beine, ließ ihn auf einen Stuhl fallen, sagte:

»Bitte sehr. Hast du schon gefrühstückt, Sha?«

Er sah Porter an, sagte:

»Was stehst du da rum, verdammt noch mal, setz Kaffee auf.«

Porter war mulmig, noch mulmiger wurde ihm, als er sah, dass Wallace OP-Handschuhe trug ... wie war das passiert ... und wann ... und wieso zum Teufel hatte er keine?

Er machte Kaffee, löslich, drei Becher, und fragte den Typen, der langsam zu sich kam:

»Wie trinkst du ihn?«

Wallace schnaubte, sagte:

»So, wie er ihn kriegt.«

Und fügte dann hinzu:

»Für mich schwarz, zwei Zucker.«

Porter stellte dem Verdächtigen einen Becher hin, suchte und fand eine Schüssel mit Zucker, fragwürdige Milch, und stellte beides daneben. Der Mann sah Porter fast einen ganzen Moment lang an, und Porter wusste nicht genau, ob es Einbildung war oder an der ganzen irrealen Situation lag, aber die Augen von dem Typen, die loderten regelrecht vor ... was? ... Glaubenseifer, Ideologie, Wut?

Der Typ fegte mit einer geschmeidigen Bewegung den Becher und das andere Zeug vom Tisch, die Milch rutschte über den Boden, der Becher schlug klirrend auf den Fliesen auf. Wallace regte sich nicht, als hätte er nichts anderes erwartet, Porter hatte einen Satz gemacht, es ließ sich nicht leugnen, und der Typ lächelte jetzt, entblößte gelbe Zähne. Wallace schlürfte geräuschvoll sein Koffein, sagte:

»Da siehst du, womit du's zu tun hast.«

Der Typ schien sekündlich selbstsicherer zu werden, wandte sich an Wallace, sagte:

»Ami ... die Unterdrücker der Welt. Heute schon Muslime getötet?«

Wallace schaute theatralisch auf seine Uhr, eine schwere TAG Heuer aus Metall, sagte:

»Ist ja noch früh, Buddy, aber wir können gleich mal anfangen.«

Der Typ sagte:

»Ich will einen Anwalt ... sofort.«

Wallace stellte sich direkt vor ihn, sagte:

»Wo ist der Sprengstoff, und wann soll die Show losgehen?«

Der Typ rotzte ihm ins Gesicht.

Wallace zuckte nicht, ließ den Speichel über seine Wange rinnen, griff dann langsam unter seine Jacke, holte die Magnum raus, sagte:

»Du hast drei Minuten Zeit, um mir zu sagen, was ich wissen will.«

Porter versuchte, einzuschreiten, sagte:

»Vielleicht sollten wir das auf der Wache fortsetzen.«

Keiner nahm Notiz von ihm, und dann schoss Wallace dem Typen das Ohr ab.

Der Knall war ohrenbetäubend, der Typ jaulte vor Schmerz, legte die Hand an seinen kaputten Kopf, Blut lief ihm in den Nacken, Wallace fragte:

»Hörst du jetzt besser?«

Porter rief:

»Um Himmels willen, was machst du denn da ... Herrgott ... also wirklich!«

Der Typ schaffte es, den Kopf zu heben, das Gesicht schmerzverzerrt, und sagte mit größter Mühe:

»Fick dich, verdammter Scheiß-Ami.«

Wallace schoss ihm ins Gesicht.

21

Wallace fuhr schnell, entschlossen und konzentriert, Porter kauerte so geschockt auf dem Beifahrersitz, als wäre er von einem Laster umgenietet worden ... oder von einer Magnum.

Wallace fragte:

»Was hältst du von Mitleidsficks?«

Porter brauchte einen Moment, um seine Stimme wiederzufinden, dann sagte er:

»Ich hab Mitleid mit dem armen Fucker, den du gerade umgebracht hast.«

Wallace sah ihn erstaunt an, fragte:

»Hey, du lässt jetzt doch nicht den Schwanz hängen, Bud, ich hab dich nicht für 'ne Pussy gehalten, ist das so 'n Schwulending? Was is los, hast du deine Tage?«

Wäre Porter bewaffnet gewesen, er hätte ihn wahrscheinlich abgeknallt, stattdessen sagte er:

»Ist das schwul, wenn man eine kaltblütige Hinrichtung entsetzlich findet? Wie zum Teufel glaubst du damit eigentlich durchzukommen?«

Wallace lachte, sagte:

»Du kapierst es nicht, wie? Blödmann. Das nennt sich Homeland Security. Ich kann tun und lassen, was immer ich will, und das eben war eine Botschaft ... Wenn sie mit Jungfrauen anbändeln oder in Milch baden wollen, oder welchen Mist die auch immer glauben, dann befördern wir sie gern rüber auf die andere Seite.«

Porter griff nach seinen Zigaretten. Er hatte fast aufgehört ... na ja, war auf fünf am Tag runter ... Pi mal Daumen ... Menthol Lights. Er steckte sich eine an, und Wallace schnauzte:

»Yo, Erde an Kissenbeißer, hab ich dir erlaubt, mir mit dem Gift da den Wagen vollzuqualmen? Man fragt doch erst mal, und die Antwort wäre Nein gewesen.«

Porter nahm einen langen, tiefen Zug, blies den Rauch in Wallaces Richtung, sagte:

»Was willste machen, mich erschießen?«

Sie erreichten das Revier, und Wallace fragte:

»Machste dir jetzt ewig ins Hemd oder entspannste dich wieder, Buddy?«

Porter bemühte sich um einen letzten Rest von Höflichkeit. Schließlich war er Brite. Sagte:

»Mir platzt eher gleich der Kragen … Ich werde mir jetzt einen hinter die Binde kippen, und dann überlege ich mir, was ich unternehme, um dich am Schlafittchen zu kriegen.«

Er war ausgestiegen, Wallace lehnte sich aus dem Fenster und flüsterte fast:

»Uh-dadidah, danke auch für die Lektion, und ich sag dir eins, Pilgervater, wenn du auch nur einmal das Maul aufmachst, wirst du, wie wir Rednecks sagen … ins Grab gefickt.«

Porter fuhr herum, fragte:

»Drohst du mir etwa, du …«

Er fand kein britisches Adjektiv, das seiner Wut Ausdruck verliehen hätte, und beendete den Satz mit »Wichser«.

Wallace lachte und gab Gummi.

Porter beschloss, sich flachlegen zu lassen, und wenn er einen Stricher dafür bezahlen müsste, aber wie sagten die Amis, er würde knallen, nageln und rammeln.

Am Abend schmiss er sich in seine Sexklamotten, enge dunkle Jeans, Stiefel, deren linker leicht in seinen Fuß kniff, aber Schmerz war okay, half der Konzentration, fragt Wallace.

Dazu ein schnittiges weißes Hemd, der Kragen offen, kein Bling … schlicht und edel, sein Body sprach für sich, eine weiche

Lederjacke, cremefarben, und ein Spritzer Calvin Klein. Auf geht's.

Er trank einen furztrockenen Martini, um in Stimmung zu kommen, und rauchte eine Menthol, alles in Maßen.

Den Wagen ließ er stehen, er war ja kein Knallkopf.

Sondern ein Knallarsch.

Er suchte einen Club in Balham auf, der sich tatsächlich O-ZONE nannte ... und schlimmer, die Unterzeile lautete ... TRIFFT INS SCHWARZE.

Jau.

Aber er war schon mal hier gewesen und wusste, dass die Abschleppchancen bei hundert standen. Schließlich war er nicht auf eine Scheißbeziehung aus, das hatte er hinter sich und Narben davongetragen. Nee, ein paar Drinks, entspannen, ficken, heimwärts. Zwei ernst zu nehmende Türmänner in Muskel-T-Shirts, die aussahen wie den Village People entlaufen. Er kannte sie nicht, die Typen wechselten so oft, wie er die Unterwäsche. Er konnte seinen Dienstausweis lüpfen und reinrauschen.

Ihr Blickwechsel sagte ihm, dass sie ihn als Polizisten gecheckt hatten, sie nickten ihm zu, ließen ihn rein. Drinnen bekam er für zwanzig Pfund das Lächeln der Dragqueen, die das Eintrittsgeld kassierte, und ging weiter an die Bar neben der Tanzfläche.

Der Keller war S&M vorbehalten, davon bekam Porter im Job schon genug, und oben befanden sich Privatzimmer für Sex. Porter betete, sie würden nicht Streisand oder, noch schlimmer, Garland auflegen.

Nein, ein schwerer Hip-Hop-Beat, gar nicht schlecht. Er trat an die Bar, und ein Prachtkerl wie ein junger Redford lächelte ihn an:

»Und womit kann ich dich glücklich machen?«

Wie Brant sagen würde, dumm wie Bohnenstroh und noch dazu dämlich. Ehrlich gesagt fehlte ihm der Starrkopf inzwischen. Er bestellte einen Campari Soda, langsam angehen lassen, und gab dem Typen einen Drink aus. Der nahm einen White Russian, und als er Porters Blick auffing, lispelte er:

»Jeff Bridges in *The Big Lebowski*.«

Porter nahm seinen Drink und machte sich vom Acker.

Vier Minuten später punktete er.

Hey, wer zockt, muss zahlen.
– Boss der Bonanno-Familie auf die Nachricht hin,
dass seine Frau ermordet worden war, nachdem sie ihn
für Geld verraten hatte.

22

Brant zitterte, nicht bloß seine Hände, sondern am ganzen Körper. Er war wieder zu Hause, in einem kleinen Haus an der so passend benannten ... Forl Road ... wie in *forlorn*, Straße der Verlassenen. Früher hatte ihn das amüsiert, jetzt nicht mehr, er trug einen Jogginganzug, ein dunkelblaues Ding von der London Met. Was ihn normalerweise zum Kichern brachte, denn er hatte ihn dem Super gemopst. Seinem Boss eins reinzuwürgen war sein liebstes Hobby gewesen.

Die Schmerztabletten aus dem Krankenhaus waren für den Arsch, er sagte:

»Die sind für den Arsch.«

Ins leere Haus hinein.

Der Arzt hatte ihn gewarnt, dass er mit einer posttraumatischen Belastungsstörung rechnen müsse. Als wäre die zwingend, und wenn er sie nicht kriegte, wäre das Verrat. Tja, Überraschung, er hatte sie, okay, seid ihr zufrieden jetzt, ihr Großmäuler. Und die Wut – sein Antrieb war von jeher eine Mischung aus Wut, Unruhe und Aggression gewesen – die machte ihn aus.

Brant war früher schon verwundet worden, ein paar Irre hatten erst seinen Hund abgefackelt und ihm dann ein Messer in den Rücken gerammt ... und Scheiße, als er an den verdammten Köter dachte, spürte er Tränen aufsteigen. Und wurde richtig sauer, vermischt mit der Angst. Heulte wie ein Scheißschlosshund.

Scheiße noch eins, das ging gar nicht.

Nach dem Messerstich war er sofort wieder draußen auf den Straßen gewesen, finsterer denn je, und das Messerstecher-Duo, die waren Dreck, buchstäblich, seit Jahren begraben, Recht war ihnen geschehen. Aber das hier, das Gefühl, der Magen dreht sich um, der Schweiß auf seiner Stirn, das Zittern, Herrgott.

Ja, okay, er war Ire, er kannte das perfekte Schmerzmittel. Riss seinen Barschrank auf, dass fast das Holz gesplittert wäre, griff nach dem Jameson, eine fünfundzwanzig Jahre alte Schönheit, einem besonderen Anlass vorbehalten, drehte die Kappe ab, als würde er irgendeinem Wichser den Hals umdrehen, eine tödliche Menge in einen schweren Waterford-Tumbler geschenkt, dann trank er gierig und wartete, dass die Magie ihre Wirkung tat.

Er hielt das Glas ans Licht und seufzte, als die Sonne auf das verschlungene Muster traf. Die paar Mal, die Brant Gäste hatte, und mal ehrlich, kaum jemand kam je zu Besuch, es sei denn, um Brant ernsthaft zu schaden. Porter, als er unwissentlich Brants Buch geschrieben hatte. Brant hatte die Storys regelrecht geklaut und sie einer Top-Agentin als Buch verkauft, und jetzt war das verdammte Ding fast fertig und kurz vor der Veröffentlichung.

Scheiße.

Porter hatte das Glas bewundert, bemerkt:

»Was für ein schönes Stück Handwerkskunst.«

Tunten, die standen auf so Glitzerzeug.

Brant hatte den Blick gesenkt, als würden ihm die Tränen kommen, und mit halb erstickter Stimme gesagt:

»Meine alte Dame hat sie aus der alten Heimat mitgebracht. Als sie starb, war das alles, was sie mir hinterlassen konnte.«

Ehrlich gesagt hatte die Fotze ihm nichts als Bitterkeit hinterlassen und genauso wenig für Kristallgläser übriggehabt wie für ihren Sohn.

Porter war angemessen beeindruckt gewesen und hatte irgendwann Roberts die Geschichte erzählt. Roberts hatte gelacht und gesagt:

»Die hat er einem Luden an der Railton Road abgeknöpft, nachdem er ihn hat hochgehen lassen.«

Porter war stinksauer gewesen, aber was tun, Brant zur Rede stellen, klar, also hatte er es durchgehen lassen.

Brant ging es besser, er griff zum Telefon, ließ es klingeln, hörte dann:

»Ja?«

Müde Stimme, heiser vor Zigaretten, Fusel und Scheißkerlen. Er sagte:

»Wie geht's denn, Alanna?«

Das war Lynn, eine Nutte, die fast so lange schon ihr Unwesen trieb wie Brant, und sie hatten eine gemeinsame Vergangenheit, manches davon war gar nicht mal schlecht gewesen, er hatte ihr mehr als einmal den Arsch gerettet und war noch öfter darauf geritten. Sie sagte:

»Ich dachte, man hätte dich abgeknallt.«

Er lachte, aufrichtig amüsiert, was bei ihm selten vorkam. Zwar lachte er oft, aber selten mit Überzeugung. Sagte:

»Nur 'ne Fleischwunde.«

Schüttelte es ab wie John Wayne riesige Schusslöcher.

Brant hatte *Der letzte Scharfschütze* öfter gesehen als spät in der Nacht Döner am Piccadilly Circus gegessen. Sie fragte:

»Was willste denn, Sarge?«

Legte Londoner Härte in die Frage, ließ ihn wissen, dass sie noch im Spiel war, müde zwar, aber am Ball, man erwartete keinen Energieschub. Er sagte:

»Vögeln.«

Sie schwieg, dann hörte er das Klicken ihres Feuerzeugs, ein goldenes Colibri, das er ihr geschenkt hatte.

»Tja, also wie immer, gib mir zwanzig Minuten. Du bist zu Hause, nehme ich an?«

»Daheim und spitz wie Nachbars Lumpi.«

Klick.

Dabei war er gar nicht spitz, tatsächlich war ihm nie weniger nach Sex gewesen. Der Arzt hatte gesagt, dass Schussopfer oft ihre Libido verloren. Wenn er das zuließe, wäre er wirklich gefickt. Er nahm noch einen großen Schluck Whiskey, fühlte sich minütlich besser, ging nach oben ins Schlafzimmer, kniete sich hin und hob den Teppich hoch. Darunter ein Bodensafe, er öffnete ihn und holte seine bevorzugte Knarre heraus.

Eine Sig Sauer, Modell 225. Sie war umgearbeitet worden, um acht Schuss 9mm-Parabellummunition fassen zu können, er besaß auch noch eine große Version, die 226, die fünfzehn Patronen verfeuern konnte.

Er dachte:

Munition.

Und sagte laut:

»Ja, meine Schöne.«

Das war alle Zuneigung, zu der er fähig war.

Lynn hatte mal gesagt:

»Kleine Jungs und ihre Schießeisen.«

Er hatte sie natürlich bestiegen und gemurmelt:

»Versuch's mal mit dem hier.«

Rodney Lewis tauchte vor seinem inneren Auge auf, der großspurige Aktienmacker, wie er ihn und Porter höhnisch angrinste. Bruder eines verdammten Vergewaltigers, der Brant auf dem Korn hatte, ohne Zweifel. Hatte einen Auftragskiller auf ihn angesetzt und würde es mit Sicherheit noch mal versuchen.

Solche Typen gaben nicht auf.

Brant lud die Sig durch, sagte:

»Mr Lewis, Sie sind eine wandelnde Leiche.«

Er fühlte sich viel besser, lag bestimmt am Jameson, funktionierte immer.

Er steckte die Waffe in seinen Gürtel und ging, nein, stolzierte nach unten, um auf Lynn zu warten.

Die Angst, fast abgeklungen … fast.

23

Roberts hatte Falls in sein Büro bestellt. Sie gönnte sich gerade eine Tasse Tee und einen Blaubeermuffin, als der Anruf kam. Lane, der Cop, der bei der Verhaftung des Happy Slappers dabei gewesen war, war aufgestanden, als sie die Kantine betrat. Das war besorgniserregend. Sie war nicht sicher, ob er nicht einknicken und die Lüge über ihr abgekartetes Spiel ausplaudern würde. Sie beäugte den Muffin und beruhigte sich mit:

»Ach was, so ein Cop vom alten Schlag, der verrät keine Blauen.«
Oder in ihrem Fall, Schwarz.

»Oder doch? ... Nein, der Blödmann hätte gar nicht die Eier.«
Zumindest nicht mehr lange, wenn er sie doch verpetzte.

Sie seufzte. Als wäre das nicht genug, hatte sie auch noch einen weiteren Brief von Angie bekommen, der psychotischen Bitch.

In dem stand:

> *Süße,*
> *vermisst du deine kleine Füchsin? Gräm dich nicht, ich*
> *komme ganz bald zu dir, und dann ... kommst du ...*
> *in Strömen ... oder dran.*
> *Xxxxxxxxx*
> *Ang*

Sache war die, Falls war tatsächlich angetörnt. Herrgott noch eins, wie kaputt war sie? Die alte Lust auf eine Line Koks ploppte an die Oberfläche, fast konnte sie es durch die Kehle rinnen spüren. *Essen Sie was Süßes, wenn das Bedürfnis Sie überkommt,* hatte man ihr in der Reha geraten.

Toller Ratschlag.

Sie könnte Angie essen.

In dem Moment kam der Anruf, und sie war froh, sich den Muffin nicht reinstopfen zu müssen, denn ihr Gewicht war auf stetigem Weg nach oben.

Genau wie ihre Karriere, wie?

Sie war Sergeant, stimmt's ...

Andrews, wie immer in den Startlöchern, fragte:

»Liz, isst du den nicht?«

Liz? Was traute die sich?

Falls, ohne anzuhalten, sagte:

»Ich würde den liegen lassen, du hast schon ganz schön was auf den Hüften, wie ich gesehen habe und ... für dich bin ich Sergeant, verstanden?«

Hatte sie.

Und murmelte leise:

»Fotze.«

Falls klopfte sanft an Roberts' Tür, hörte:

»Is offen, verdammt.«

Gutes Zeichen.

Auf Roberts' Tisch stapelten sich die Akten, ein halb gegessenes Plunderstück, viele, viele Teetassen? ... Und er sah aus, als stünde er kurz vor dem Herzinfarkt. Er schaute auf, die Augen blutunterlaufen, und sie dachte:

Oh, oh, wieder drauf, und zwar richtig.

Er bot ihr keinen Stuhl an, schnauzte:

»Dieser Happy Slapper, das Foto, der Überfall und das Handyding, wie stabil ist das?«

Sie zögerte nicht:

»Felsenfest.«

Er bedachte sie mit einem langen, kalten Blick, sagte dann:

»Sind Sie sicher, Sergeant? Wenn Sie Ihre Meinung noch ändern wollen, wäre jetzt der richtige Moment. Sie verlieren Ihre Streifen, behalten aber wenigstens Ihren Job.«

Herrgott, sie spürte den Schweiß in ihrem Nacken, auf dem Rücken, an den Oberschenkeln, dachte:

Lane, der Wichser.

Sagte:

»Nein, Sir, wir haben ihn auf frischer Tat erwischt.«

Roberts lehnte sich zurück, seufzte müde, sagte:

»Lane, Ihr Kollege, sagt, dass er nichts mitbekommen hat. Anders gesagt, er macht einen Rückzieher, also stehen Sie allein auf weiter Flur, ohne Rückendeckung, und ich sage Ihnen, die Presse wird sich darauf werfen. Letzte Chance. Wollen Sie Ihre Darstellung und Ihren Bericht ändern?«

Sie durfte nicht einknicken. Sagte:

»Ich bleibe bei meinem Bericht, das war eine saubere Sache.«

Also ein guter Fang.

Roberts kratzte sich am Kopf, strich sich dann mit der großen, fleischigen Hand durch die Haare, die jetzt fast weiß waren und lichter wurden, sagte:

»McDonald ist am Arsch. Der Zeuge in dem Bockmist mit der Rentner-Bürgerwehr hat ihn eindeutig identifiziert. Das wird in ein paar Stunden bekannt gegeben.«

Falls hatte tatsächlich Mitgefühl mit McDonald, sagte:

»Können wir da gar nichts tun? Muss er hinter Gitter?«

Roberts wirkte fast betrübt, niemand sah gern einen Cop untergehen, er sagte:

»Nee, er ist erledigt, und Sie werden ihm das mitteilen, damit er Zeit hat, sich einen Anwalt zu besorgen, am besten einen möglichst teuren. Er wird den besten brauchen.«

Falls war in Panik. Wenn die McDonald absägten, was war dann mit ihr?

Sie wagte einen Vorschlag:

»Wäre es nicht besser, Sir, er würde es von Ihnen erfahren, schließlich sind Sie, na ja, sein direkter Vorgesetzter?«

Roberts hatte sie bereits entlassen, schlug eine Akte auf, sagte:

»Ich hab für solchen Scheiß nie was übriggehabt.«

Falls ging in den Pub, bestellte einen doppelten Wodka, ohne Scheißeis, vielen Dank, und ganz bestimmt kein Scheißgeplauder. Sie kippte ihn runter, bestellte den nächsten, dem Barmann lag eine Frage auf der Zunge, sah ihre Miene, sagte:

»Ja, Ma'am.«

»Ma'am?«

Sie hätte fast gelacht, aber der kleine Tod, den sie erlebte, verhinderte das. Sie setzte sich in die letzte Ecke, zog ihr Handy hervor und rief schweren Herzens McDonald an.

Irgendwann muss ich ja sterben, da kann ich auch auf diese Weise abtreten.
– Mafiaboss Angelo DeCarlo auf dem Weg ins Gefängnis im Alter von siebenundsechzig Jahren

24

McDonald fühlte sich wie aufgewärmte Scheiße. Er war am Fußende seines Betts zu sich gekommen, voll bekleidet.

Fast.

Die Jeans hing ihm um die Knöchel, und er erinnerte sich vage, irgendein Babe mit nach Hause geschleppt zu haben und … Herrgott, und sich bei irgendeinem Straßenverkäufer ein fragwürdiges Brathähnchen besorgt zu haben, er murmelte:

»Notiz an beklopptes Selbst, kauf NIE … echt NIE irgendwas bei solchen Typen, und iss den Scheiß bloß nicht.«

Der angetrockneten Kotzelache in der Nähe seines Kopfs nach zu urteilen, hatte er den Scheiß gegessen … zumindest teilweise, denn kurz vor der Tür entdeckte er grünlich schimmerndes Fleisch mit dünnen Knochen, es sei denn, er hatte die Frau abgemurkst.

Scheiße noch eins, so wie er sich dieser Tage aufführte, war alles möglich. Er zog die Jeans aus, musste sich übergeben, sagte immer noch am Boden hockend:

»So schön … das hat Stil, Mum wäre so stolz.«

Er kroch auf allen vieren zum Schrank neben dem Bett, riss die Tür auf, Scheiß sei Dank, das Silberpapier war noch da. Er schaffte es, eine Line zurechtzukratzen, verteilte das Puder wie Schuppen, so zitterten seine Hände, kriegte eine schiefe Line hin, sagte immer wieder:

»Verschütten ist nicht schlimm, das können wir später noch ziehen, hau dir den Mist jetzt hinter die Binde.« Noch halb betrunken zu sein half möglicherweise, denn das Koks schlug schnell zu und verhieß eine rosige Zukunft. Er legte sich mit einem Seufzer der Erleichterung auf den Rücken, an seinem Kinn hing noch Kotze, na und?

Scheiß drauf.

Er rief schwach:

»Ich liebe den Schnee.«

Wirklich.

Ob der Schnee ihn auch liebte, war eine ganz andere metaphysische Angelegenheit, die er nicht näher beleuchten wollte.

Zehn Minuten später schob er nach, dass die Drähte glühten, er lachte jetzt immer mal wieder, kein gutes Zeichen, wie er wusste. UND WIE DAS KOKS ES WILL, SETZT IRRSINN EIN, er ging ins Wohnzimmer, das dem Wrack der *Hesperus* glich, kramte unter einigen Sitzkissen und griff zu seiner neuesten Errungenschaft …

Eine Makarow 9mm Automatik, die er für, was … neunzig Ocken bekommen hatte, von einem Russki, mit dem er in irgendeiner Kaschemme an der Railton Road gesoffen hatte. Die Lieblingswaffe der Ostblockagenten, wie der Ivan ihm erzählt hatte.

Bla bla, scheiß doch drauf, aber funktionierte sie?

Er hatte vorgehabt, sie an der Nutte auszuprobieren, hatte sich aber immer wieder abgeschossen und es vergessen.

Das Koks katapultierte ihn auf die nächste Ebene, fast Euphorie, und er sagte:

»Happiness is a warm gun.«

Scheiß-Beatles, ja. Sogar der gute alte Paul hatte Probleme, seine Frau hatte das Bein in die Hand genommen.

Besaß er irgendwas von den Beatles?

Das Telefon klingelte, fast hätte er sich in den Fuß geschossen, kriegte kaum den Finger vom Abzug los.

Nahm ab, es war Falls, und durch sein gebratenes Hirn schoss der Gedanke, hol sie her, nagel sie, aber dann erzählte sie ihm etwas.

Er vergaß die Beatles.

Er war erledigt, mehr noch als McCartney, und Scheiße noch mal, er würde nie eine Frau kriegen, die ihm weglief.

Tränen liefen ihm über das Gesicht. Die würden ihn festnehmen.

Ihn.

Einst der hellste Stern der Met.

Hatte der Super so gesagt.

David Grey hatte auf seinem Album genölt:

Irgendwas mit, wo ist alles so schiefgelaufen?

Ach, Herr im Himmel.

Er flehte:

»Falls, Liz, ja, Liz ist richtig, stimmt's … was soll ich tun, was kann ich tun?«

Er wollte von ihr gerettet werden, war das so verdammt schwer?

Es gab eine Pause, dann sagte sie:

»Renn.«

Er dachte, es müsse am Koks liegen, in seinem Hirn blitzten lauter musikalische Referenzen auf. »Run«, hieß so nicht dieser Song von Snow Patrol?

Falls kippte den letzten Rest vom Doppelten runter und hielt das Handy ein Stück von ihrem Ohr weg, hörte aber trotzdem den Knall.

Er würde sie nie wieder verlassen.

25

Als Falls auf das Revier gestürmt kam, warfen die Cops einen Blick auf ihre wutverzerrte Miene und machten den Weg frei.

Und zwar pronto.

Andrews, die immer noch an der Hüftgold-Stichelei zu knabbern hatte, kam ihr in die Quere und wurde regelrecht weggeflippert.

Der Diensthabende, noch nie ein Fan von Falls, flüsterte:

»Hat wohl ihre Tage.«

Hätte sie die Worte gehört, er wäre daran erstickt.

Hundertpro.

Aber vielleicht gab es ja doch so was wie Karma, irgendein kosmisches Gleichgewicht, weil just an dem Abend, als gerade sein geliebtes Liverpool Newcastle United abservierte, sein Fernseher explodierte.

So kann's gehen.

Falls klopfte nicht an, sondern stürmte in Roberts' Büro, bevor er murmeln konnte:

»Was zum ...«

Sie legte los.

»Also, Chief Inspector, ich habe McDonald angerufen, wie Sie *befohlen* haben, Sie erinnern sich sicher ... er ist Cop.«

Sie hielt inne, müsste es ... ist Cop oder ... war Cop heißen?

Roberts täuschte Gleichgültigkeit vor, sein Gesicht verhieß *Scheiße passiert eben,* er fragte:

»Wollte er Ihre Hilfe?«

Sie lächelte, wenn man eine Mischung aus Wut und Mordabsicht so nennen kann, sagte:

»Ich habe ihm geraten zu rennen.«

Roberts gab ein hässliches Glucksen von sich, und Falls fragte sich, wieso sie diesen Wichser mal gemocht hatte. Er sagte:

»Er wäre gut beraten, das zu befolgen.«

Sie musste sich mit aller Kraft zusammenreißen, Galle stieg aus ihrem Magen hoch, sie drehte sich auf dem Absatz um und sagte:

»Bisschen schwierig mit einer Scheißkugel im Hirn.«

Und sie stürmte raus, knallte die Tür zu, rief sich ein Taxi, sagte zum Fahrer:

»Bringen Sie mich zum Clapham Arms.«

Er wusste nicht genau, wo das war, ahnte aber, dass er besser nicht fragen sollte. Er würde es rauskriegen.

Überall im Taxi waren RAUCHEN VERBOTEN-Aufkleber verteilt, und als sie sich eine Zigarette in den Mund steckte, sagte er:

»Feuer?«

Kleine Fanfare das Ende naht
Unangekündigt
ist der einsame Tod

26

Diese Zeilen eines wenig bekannten irischen Dichters beschrieben McDonalds Ende in London ganz gut.

Die hohen Tiere beeilten sich, die Sache unter den Teppich zu kehren, und ein neuer Terrorismusalarm lenkte die Aufmerksamkeit ab von einem armen Kerl, der sich totgeknallt hatte.

Es wurden Gefälligkeiten eingefordert, Drohungen ausgesprochen, und die ganze jämmerliche Geschichte versickerte schließlich im Nichts.

McDonalds Eltern sagte man, er wäre durch einen tragischen Unfall umgekommen, und da sie sich eine Reise nach London nicht leisten konnten, äscherte die Met ihn ein und schickte ihn per Post von Paddington.

Seine Mutter stellte die Urne auf den Kaminsims neben ein Foto von Charles und Diana, es hatte ihr noch niemand gesagt, dass Charles neu geheiratet hatte, gelegentliche Besucher zuckten zusammen, wenn sie hörten, das ist mein Junge, da auf dem Kaminsims.

Brant, als er davon erfuhr, sagte:

»Blöder Idiot.«

Roberts verspürte täglich Schuldgefühle.

Porter wünschte, er hätte ihn besser gekannt.

Falls, die ging auf eine allmächtige Sauftour, auf der sie irgendwann in einem Pub in Balham landete.

Balham?

Fragt nicht.

Es war eine Sauftour.

Sie war beim dritten Wodka angelangt, bei dem der Kater nachließ und man sogar überlegte, irgendwas zu mampfen, nur überlegen, nicht wirklich etwas essen.

Eine Frau tauchte mit einem jungen Mann im Schlepptau auf und sagte:

»Hey, Süße, dürfen wir uns zu dir setzen?«

Angie.

Die Füchsin.

Und der junge Typ, Herrgott, das war der, den sie als Happy Slapper reingeritten hatte. Ihr fehlten tatsächlich die Worte.

Angie war aufgedonnert, schwarzer Lederminirock, schwarze Stiefel und eine Bluse, die das Wunder in Wonderbra betonte.

Sie setzte sich, sagte zu dem Typen:

»Sei ein Schatz, hol was zu trinken, und, oh, einen doppelten Wodka für unsere Lieblingspolizistin.«

Falls sammelte sich.

»Was zum Teufel willst du, du irre Schlampe?«

Angie lachte, nichts war ihr lieber als Krieg, sie sagte:

»Dich sehen, Liebling. Schon die Erinnerung an unser Liebesspiel macht mich ganz heiß.«

Und Falls spürte ihre Wangen glühen. Musste an dem verdammten Alkohol liegen, der brachte das mit sich. Bevor sie eine vernichtende Antwort geben konnte, sagte Angie:

»Das junge Prachtstück, mit dem ich hier bin, kennst du natürlich, ich hatte gehofft, wir könnten einen Deal machen und diese ganze alberne Anklage ... wie soll ich sagen ... in Luft auflösen?«

Falls nahm einen großen Schluck von ihrem so gut wie unverdünnten Wodka, sagte:

»Nie im Leben. Er wird verknackt, und mit ein bisschen Glück leistest du ihm Gesellschaft.«

Der Typ kam mit Drinks auf einem Tablett zurück. Er sah Falls voll abgrundtiefen Hasses an, stellte ihr Glas so kräftig ab, dass es überlief, und setzte sich. Angie gurrte:

»Liz, Süße, du erinnerst dich an John … John Coleman, der arme Kerl, den du reingelegt hast, oder legst du so viele rein, dass dir die Namen entfallen. Deinen vergisst er bestimmt nicht.«

Sie drückte seinen Oberschenkel, er starrte unverwandt Falls an, Angie fuhr fort:

»Wir möchten dir einen Vorschlag unterbreiten, Süße. Du lässt den Unsinn gegen John fallen, und ich behalte mein leidenschaftliches Sexabenteuer mit einer Schwarzen, unlängst zum Sergeant beförderten Polizistin für mich. Klingt das … angemessen?«

Falls war erledigt und wusste es, reagierte, indem sie Colemans Starren erwiderte, beugte sich vor und sagte:

»Glotz mich nicht so an, sonst reiß ich dir deine verdammten Schafsaugen raus.«

Er wich zurück, weit zurück.

Angie war begeistert.

»Siehst du, John, hab ich nicht gesagt, sie ist eine echte Tigerin?«

Angie hob ihr Glas, fragte:

»Also, trinken wir auf unseren Deal, was sagst du dazu, Liz, meine kleine Kirsche?«

Falls schmiss ihr den Wodka ins Gesicht, stand auf, sagte zu dem Typen:

»Wenn du mich je wieder ansiehst, schneid ich dir die Eier ab.«

Und sie stürmte von dannen.

Angie brüllte in warmem Ton:

»Wir sehen uns dann bald bei dir. Die Drinks gehen auf mich, Liebling.«

Draußen musste sich Falls einen Moment lang gegen die Wand lehnen, versuchte, ihre Welt, die gerade so völlig in den Arsch ging, noch zu fassen zu kriegen, stocherte im Dunkeln. Ein Obdachloser näherte sich, fragte besorgt:

»Alles okay, Missus?«

»Missus?«

Sie hätte fast gelacht, fürchtete aber, einmal angefangen, nie wieder aufhören zu können. Sie hakte sich bei ihm unter, fragte:

»Wie wär's, wenn ich dir einen Drink spendiere, Kumpel, wie findest du das?«

Er fand das ganz fabelhaft.

Sie waren halb die Straße runter, als er versuchte, seine Hand unter ihren Rock zu schieben, und sie ihm beinahe widerwillig die Nase brach.

Die 9mm Glock ist in der Lage, auf fünfundzwanzig Yards Entfernung jeweils fünf Schüsse in einen zweieinhalb Inches großen Radius zu platzieren.

27

Porter Nash saß zu Hause rum, und klar war seine Wohnung sauber, makellos rein geradezu.

Typisch schwul?

Nein, er mochte einfach keinen Dreck.

Er hörte Mozart, was er den Kerlen auf dem Revier natürlich nicht verraten würde ... die hätten ihren Spaß damit.

Wie er wusste.

»Stehst du nicht auf Barbra Streisand?«

Klar, und »YMCA« stand auch bei ihm im Plattenschrank.

Und sie würden es ihm abkaufen.

Er hatte sich sechs Flaschen guten belgischen Biers besorgt, Duvel.

Das famos schmeckte.

Er brauchte eine kleine Flucht, denn in seinem Kopf liefen die Gedanken Amok, das schlechte Gewissen wegen des Mannes, den Wallace erschossen hatte, nagte an ihm, McDonalds Selbstmord, das Attentat auf Brant und vor allem, wie Brant sich dafür rächen würde, ganz alttestamentarisch ... und bald.

Außerdem wütete sein Diabetes unkontrolliert, die Zuckerwerte spielten verrückt, und, hey, wer hatte schon Zeit, zum Arzt zu gehen.

Alkohol ... war das klug ... ratet mal.

Genau deswegen schmeckte es so gut, regelrecht ... verboten.

Der Sex im Schwulenclub hatte wundersame Erleichterung gebracht, auch wenn der Typ ihn gefragt hatte, ob er die New York Dolls mochte?

Nenn mir einen einzigen Namen von denen, los, ich wette mit dir.

Das hätte er fast gesagt, steckte aber gerade bis zum Anschlag im Hintern des Typen, was nicht der richtige Moment für ein Popquiz war.

Er lächelte.

Der Typ war gekommen wie ein Wasserfall und hatte dann gefragt:

»Willst du ein E?«

Es klingelte an der Tür. Der Einzige, der je zu Besuch kam, war Brant, und irgendwie war Porter erleichtert. Er wäre froh, wenn der Irre sich um Wallace kümmern würde.

War nicht Brant.

Wallace.

Jovial, gut gelaunt, etc. Er hielt ihm eine Flasche Wein hin, sagte:

»Frieden?«

Porter rührte sich nicht, fauchte:

»Woher weißt du, wo ich wohne?«

Wallace lächelte zähnefletschend, guter alter Junge, sein altgedientes Ach-verdammmich-Grinsen, sagte:

»Bro, ich bin beim Anti-Terror. Ich weiß von allen, wo sie wohnen, kann ich jetzt reinkommen?«

Porter trat widerwillig beiseite, nickte.

Wallace marschierte rein, als würde alles hier ihm gehören, aber dabei ganz der Cop, checkte Ausgänge ab, rasterte das Zimmer, stellte die Flasche auf den Couchtisch, sagte:

»Hol doch mal ein paar Gläser. Ich finde nicht, dass wir aus der Flasche trinken sollten, und ich wette, du hast ganz schicke Gläser.«

Wallace zog seinen Staubmantel aus, natürlich lang und schwarz, ließ sich auf einem Sessel nieder, legte die Cowboystiefel auf den Tisch, sagte:

»Du hast es echt gemütlich hier, bisschen tuntig, aber was

soll's, *your home is your castle*, wenn auch eher Märchenschloss als Burg.«

Porter ging Gläser holen und wünschte fast, es wäre kein Waterford-Kristall, ein Blechbecher wäre passender für Wallace. Er strich Streichkäse auf Kräcker und dachte:

Was zur Hölle mache ich hier, das Klischee erfüllen?

Schmiss die Kräcker in den Müll.

Als er ins Wohnzimmer zurückkam, rauchte Wallace ein Zigarillo, auf dem Tisch lag eine Glock. Porter fragte sich, ob Wallace ihn umbringen wollte? Er stellte vorsichtig die Gläser ab, fragte:

»Was hast du mit der Waffe vor?«

Wallace trank eins der belgischen Biere, schmatzte anerkennend mit den Lippen, sagte:

»Das Gebräu hat Biss, weißt du, die meisten Leute denken, die Glock da wäre aus Plastik, aber das ist sie nur zu siebzehn Prozent, der Lauf und alles innen drin sind aus hartem Stahl, los, heb sie mal hoch, na, hab ich recht?«

Porter, der keine Ahnung hatte, was hier abging, nahm die Waffe, bewunderte ihr geringes Gewicht, drehte sie hin und her, und Wallace fragte:

»Willst du mich abknallen, Port?«

Porter legte die Glock weg, öffnete eine Bierflasche, setzte sich und machte sich bereit für das, was ihm bevorstand. Plötzlich war Wallace in Bewegung, hielt ein Taschentuch in den Händen, wickelte fast ehrfürchtig die Waffe ein, steckte sie in seinen Mantel, machte:

»Ah.«

Porter hatte ein mieses Gefühl, fragte:

»Was geht hier vor sich?«

Wallace leerte die Bierflasche, rülpste, fragte:

»Hast du irgendwelche Snacks, Flips, Chips, so was?«

Porter ignorierte es, wartete.

Wallace seufzte und sagte:

»Rückversicherung, Buddy, verstehst du, du bist ein Cop der seltenen Sorte, versteh mich nicht falsch, ich respektiere das, aber die Zeiten ändern sich, und die Sache ist die, ich fürchte, du könntest mich wegen der Sache mit dem toten Wirrkopf drankriegen wollen. Du kannst nichts dafür, du hast Moral, und ich, tja, ich hab deine Fingerabdrücke auf der Waffe hier, ein gewisses Arschloch wurde abgeknallt, und rate mal, auf wen der Verdacht fällt. Also halt deinen Mund, lass mich die Demokratie schützen, und hey, null Problemo. Und du hast wirklich nichts zu knabbern da, Nüsschen oder so, haben Schwule nicht immer ein paar leckere Snacks zur Hand?«

Porter war aufgesprungen, überlegte, ob er ihn aus dem Weg räumen, sich die Glock holen könnte, und Wallace lächelte, ohne Wärme, die ganze Härte sichtbar, ohne einen Muskel zu rühren, sagte:

»Vergiss es, Bro, du würdest nicht mal am Kaffeetisch vorbeikommen.«

Dann schmiss er die Flasche auf den Teppich, sagte:

»Ihr Hinterlader räumt doch gerne auf, oder?«

Schnippte den Zigarillostummel durch den Raum, stand auf, sagte:

»Ich mache nach Drohungen ungern 'nen Abgang, aber der Feind schläft nicht. Hast du Freitagabend was vor, ich hab 'nen Club aufgetan, die machen Line dancing und Ribs, wir gehen auf den Schwutz. Pass auf dich auf, okay.«

Und weg war er.

Mit einem hatte er recht: Porter war auf allen vieren und räumte die Trümmer seines Besuchs weg.

28

Brant hatte einen guten Ritt gehabt, hievte sich von Lynn runter, gab ihr einen Klaps auf den Hintern, sagte:

»Du hast's echt drauf, Mädel.«

Lynn hatte die passenden Lustgeräusche von sich gegeben, sie wusste, Brant war völlig klar, dass das nur Bluff war, aber, kurz gesagt, es scherte ihn einen Scheiß. Er ging zum Kühlschrank, holte kaltes Heineken, gab ihr eins, und sie sagte tadelnd:

»Kein Glas?«

Er mochte sie, sie hatte Eier, eine der wenigen Eigenschaften, die Brant wirklich schätzte. Er sagte:

»Scheiße noch mal, willst du etwa auch noch Kohle?«

In all der Zeit hatte er ihr nie Geld gegeben, sie aber auf hundert andere Arten honoriert. Eine Granate wie ihn auf ihrer Seite zu wissen … unbezahlbar.

Ihm saß immer noch die Angst im Bauch, also kramte er in Lynns Handtasche herum, ohne die geringsten Skrupel. Er wollte etwas, suchte, Nutten hatten immer was Beruhigendes.

Bingo, ein Blister Valium, er nahm zwei, fünf Milligramm, spülte sie mit Bier runter. Hatte Mordslust auf ein Guinness, er war mal in Galway gewesen, und, Mann, das war echte Kunst, wie die ein Pint einschenkten, die Krone reine Creme, und untermalt von freundlichem Geplauder.

Das gute Leben.

Während er darauf wartete, dass die Pillen wirkten, wurde ihm glasklar, dass nur eins gegen seine Magenprobleme half, nämlich Rodney Lewis umzulegen. Der Typ würde es sicherlich ein zweites Mal auf ihn absehen, und wenn Brant nicht äußerste Vorsicht walten ließ, hätte er vielleicht Erfolg. Ein dermaßen reiches Arschloch wurde man nicht durch Dummheit. Das Problem war, wenn er den Wichser jetzt umlegte, wäre er sofort dran. Wer sonst hatte ein Motiv?

Während er darüber nachdachte, klingelte es an der Tür. Er trug einen weißen Bademantel, den er im Krankenhaus geklaut hatte. Er war warm und roch nach Trost, hatte zwei große Taschen, in der rechten steckte die Waffe, er hielt den Griff umklammert und öffnete die Tür.

Davor eine schwer mitgenommen aussehende Falls, die flehte:

»Kann ich Kaffee kriegen?«

Herrje, er hatte sie schon in schlimmen Momenten gesehen, vor allem damals, als sie die Nase ins Puder gesteckt hatte, aber jetzt sah sie aus wie eine Pennerin, und er fragte:

»Hältst du mich für Starbucks?«

Ging rein und sagte:

»Mach die Tür zu, es zieht.«

Sie tat es, trat ein, sah aus wie eine verlorene Katze. Er rührte Instantkaffee an, goss einen großen Schluck Jameson hinein, gab ihr den Becher, steckte eine Zigarette an und gab sie ihr ebenfalls.

Sie zitterte am ganzen Körper, trank den Kaffee in großen Schlucken, fragte:

»Ist da was drin?«

Er lächelte, sagte:

»Ja … Hoffnung.«

Sie fühlte sich langsam etwas besser. Brant war der unberechenbarste Mensch, dem sie je begegnet war, und dennoch, wenn man knietief in der Scheiße steckte, war er derjenige, der einem die Schaufel reichte. Schaufeln musste man schon selber, aber er leistete einem Gesellschaft dabei. Sie sagte:

»Ich hab einem Suffki die Nase gebrochen.«

Er lachte, sagte:

»Herrje, Mädel, die sind sowieso schon arm dran, musst du sie auch noch zusammenschlagen?«

Sie trank den Kaffee aus, sagte:

»Gott, der war gut.«

Und dann … Stille, Brant konnte ewig warten, wenn er wusste, dass man etwas von ihm wollte, und sie wollte ganz sicher etwas. Hilfe.

Sie versuchte, Zeit zu schinden, sagte:

»Das mit McDonald geht mir echt nah.«

Brant saß ihr gegenüber, den Granitblick auf sie gerichtet, durchschaute sie und fragte:

»Wieso?«

Jeder andere würde die Pseudo-Route nehmen, irgendwas Mitfühlendes murmeln wie:

»Du konntest nichts tun, niemand hätte was tun können.«

Brant dagegen, kein Bullshit, direkt zum Kern.

Sie zögerte, dann:

»Ich hab das Gefühl, ich hätte helfen müssen, wissen Sie …?«

Und er lächelte, das furchtbare Lächeln, das besagte:

»Klar.«

Er streckte sich, und sie überlegte, ob die Schusswunde noch schmerzte, aber … Brant fragen … *klar.*

Er sagte:

»McDonald war ein feiges Arschloch, hat den einfachsten Ausweg genommen, und wie oft … hat er dich in die Scheiße geritten, oder hast du den Clapham-Vergewaltiger vergessen, vor dem er dich schützen sollte?«

Sie stutzte. Jahrelang hatte er nicht davon gesprochen, dass er ihr das Leben gerettet hatte. Bevor ihr eine Antwort einfallen konnte, fuhr er fort:

»Und ich erwähne dieses perverse Dreckstück nur, weil er einen Bruder hat, und, Überraschung, das ist der Arsch, der mich

erschießen lassen wollte. Die Welt ist seltsam und klein …
stimmt's?«

Sie musste es wissen, fragte:

»Was werden Sie tun?«

Er stand auf, sagte:

»Ich hol dir noch einen Muntermacher, und dann sagst du mir,
was du von mir willst.«

So geschah es.

Sie erzählte alles, die miese Nummer mit dem Happy Slapper,
dass Lane sie verpetzt hatte und dass Angie wiederaufgetaucht war.

Als sie die Füchsin erwähnte, hellte sich sein Gesicht auf, er
unterbrach sie:

»Mensch, fick mich ins Knie, das ist ja toll, ich hatte immer das
Gefühl, das wäre noch nicht vorbei.«

Dann kam Lynn reingelatscht, mit einem T-Shirt von Brant
bekleidet, aus dem ihr üppiger Busen quoll. Sie nickte Falls zu,
nicht unfreundlich, eher total desinteressiert. Was Falls aus irgendeinem Grund völlig fuchsig machte, wie jetzt … von einer *Nutte*
gedisst?

Brant wandte sich an Lynn:

»Hau ab, Baby, wir arbeiten.«

Lynn warf Falls noch einen Blick zu, der besagte:

»Ich hab ihn gehabt … und du so?«

Dann beugte sie sich lässig vor, küsste Brant auf den Mund,
sagte:

»Bis zum nächsten Mal, Süßer.«

Er schlug ihr auf den Arsch, sagte:

»Ich könnt schon wieder.«

Und … zwinkerte Falls zu.

Nicht zum ersten Mal fragte sie sich, was aus ihrer einst hehren
Sicht von Polizeiarbeit geworden war, aus der verqueren Idee, Gutes
zu tun, so gut man konnte, und all dem ganzen Oprah-Mist.

Etwas in ihr beneidete McDonald fast darum, die ganze Scheiße hinter sich zu haben, und Brant, als Lynn gegangen war, sah sie wieder an, sagte:

»Munition.«

Sie war verwirrt, sagte:

»Ich bin verwirrt.«

Er trötete:

»Munition, Baby. Mehr brauchen wir nicht … und Liebe natürlich.«

Dann setzte er ihr im Detail auseinander, wie es laufen würde.

Hatte sie Angst?

Und wie.

Wegrennen ist leichter als erklären.
— Clyde Barrow

29

Rodney Lewis war zu Hause, im Kamin brannte ein gemütliches Feuer, künstlich, na und, es sah echt aus. Und als Geschäftsmann wusste er, dass allein der Anschein zählt. Er trug einen Hausrock, der kein Rock ist, sondern eine Jacke, auf der Tasche das Monogramm R in Gold aufgestickt. Darauf war er echt stolz:

Klasse.

Wer sagte, die könne man nicht kaufen?

Die Scheiß-Sozi-Regierung, genau.

Die würde bei den nächsten Wahlen so richtig ihr Fett abkriegen, und wenn die Tories erst mal wieder am Hebel saßen, konnten die guten Zeiten kommen. Er nippte an seinem Cognacschwenker, darin ein fünfzig Jahre alter Tropfen, und das Aroma … pures Glück. Er hatte in seinem Privatclub ein Hummerdinner genossen, gefolgt von einer köstlichen Creme Caramel. Jetzt setzte er sich in seinen Sessel, rülpste laut, dachte:

Das Leben ist wunderbar.

Bis auf …

Brant …

Das alte Problem, ungelöst.

Er hatte beschlossen, es eine Zeit lang auszusitzen und … erst mal nichts zu unternehmen, bis ihm eine Eingebung käme. Die kam irgendwann immer, so hatte er in der City seinen Reichtum verdient. Einstweilen munterte ihn der Gedanke auf, dass der Mistkerl sicher Schmerzen hatte, von der Schusswunde. Und vor allem musste Brant ständig auf der Hut sein, er wusste ja, dass Rodney ihn wieder jagen würde, und im ersten Moment der Unaufmerksamkeit, aus dem Nichts heraus … Bingo, war er erledigt.

Rodney würde den Mord nicht wieder in Auftrag geben, nein nein nein, nicht nach dem letzten Fiasko. Diesmal würde er das Dreckstück eigenhändig umlegen.

Er dachte zurück an die Szene in seinem Wagen und an den Adrenalinrausch, nachdem er den dummen Versager erschossen hatte. So würde er es auch mit Brant machen, nah und persönlich. Er war es seinem verstorbenen Bruder schuldig, die Sache als Familienangelegenheit zu behandeln, außerdem wollte er unbedingt noch mal den Rausch erleben. Der entsetzte Blick des Opfers, wenn man ihm die Knarre vor die Nase hielt.

Knarre?

Er lachte laut, das klang wie etwas aus *Die Füchse.*

Er kicherte immer noch, als er den kalten Pistolenlauf im Nacken spürte, er ließ den Schwenker fallen, der Cognac verfärbte seinen Schlafanzug von Harrods, das Ding war echt teuer gewesen. Er wusste, dass es Brant war, hörte ihn einatmen und wusste aus frischer Erfahrung, dass dies der Moment vor dem Abdrücken war. Er sagte:

»Sergeant Brant, ist das wirklich klug? Die werden wissen, dass Sie das waren, ich meine, lassen Sie uns drüber reden.«

Er war recht zufrieden, wie ruhig er klang, wie sachlich, und dann kam ihm eine brillante Idee. Er wusste genau, was er sagen musste, um den Irren aufzuhalten.

Der erste Schuss durchschlug glatt seinen Schädel und trat durchs linke Auge aus, der zweite, ein wenig flacher angesetzt, blieb im Nasenknochen stecken. Rodney und seine brillante Idee kippten nach vorn, Blut besudelte die bereits ruinierte Seidenschlafanzughose.

Der Geruch des Kordits übertrumpfte fast den des Cognacs, aber fünfzig Jahre alte Qualität lässt sich nur schwer vertreiben.

Der Mörder pulte mit einem Schweizer Taschenmesser die Patrone aus dem Buchregal, überlegte kurz, in Rodneys Gesicht herumzuschneiden, um an die zweite zu gelangen, betrachtete, »Dixie« vor sich hin pfeifend, sein Werk, dachte dann, zum Teufel mit der zweiten Kugel. Die Nase hatte ihm nie gepasst.

Grinsend machte er sich von dannen.

30

John Coleman, der Happy Slapper, konnte immer noch nicht fassen, welche Wendungen sein Leben in den letzten Wochen genommen hatte. Er war durch die Welt gestromert und hatte sich über Kleinigkeiten aufgeregt. Oh Gott, wie gern hätte er diese Sorgen zurück.

Dann, Scheiße, als hätte sich die Hölle aufgetan und Armageddon wäre über ihn gekommen.

Die Polizistin, nein, die Scheißbullin war aus dem Nichts aufgetaucht, hatte ihn buchstäblich angefallen und behauptet, er wäre einer von den Wichsern, die irgendwelche Leute schlagen, sie fotografieren und die Bilder an ihre Freunde schicken. Und schon hatte er eine Anzeige am Hals gehabt und würde wahrscheinlich im Gefängnis landen.

Wieso?

Dann, als er gerade alle Hoffnung hatte fahren lassen, war überraschend eine Retterin aufgetaucht, Angie, eine blonde Wuchtbrumme, die versprach, alles zu deichseln ... vor allem das mit den Cops. Wie sich rausgestellt hatte, hatten sie und Falls, die Scheißbullin, eine gemeinsame Vergangenheit, und noch besser, Angie hatte ein Druckmittel in der Hand. Außerdem durfte er sie wie verrückt vögeln. Zwar war er nicht dumm, ihm war klar, dass irgendwas mit Angie nicht stimmte, ihr Blick war manchmal so kalt, dass einem die Nackenhaare hochstanden, aber ...

Blieb ihm etwa eine Wahl?

Er machte alles mit ... bis ...

Bis, wie Angie versprach, Falls die Anzeige zurückziehen würde. Oh Mann, Angie redete ständig davon, dass sie die Polizei auf einen Batzen Geld verklagen würden, Wiedergutmachung für widerrechtliche Festnahme, Nötigung, unnötige Traumatisierung und eine ganze Liste weiterer Dinge.

Ja, klar.

Sobald Falls nachgab, war er nichts wie weg, auf Nimmerwiedersehen, Angie. Und, Mann, von da an würde er den Ball so was von flach halten. Er saß in der Küche seiner winzigen Wohnung, trank Tee und sehnte den Tag herbei, an dem die ganze Scheiße vorbei wäre. Angie wollte nachher noch vorbeikommen, und er hoffte, bis dahin noch ein bisschen Energie zusammenkratzen zu können. Als Erstes wollte sie immer ins Bett, und danach würden die verrückten Pläne beginnen. Es klingelte an der Tür, er seufzte, sie kam früher als erwartet. Vielleicht konnte er Kopfschmerzen vortäuschen.

Als würde das ziehen.

Öffnete die Tür, davor ein großer Mann in einem sehr teuren Anzug, der … im Ernst jetzt? … breit lächelte. Coleman legte seinen ganzen Frust in die Frage:

»Kenn ich Sie?«

Mischte ein bisschen Härte mit rein, damit der Typ gleich wusste, dass man ihm heute besser nicht blöd kam. Der Typ lächelte noch breiter und sagte:

»Noch nicht, aber gleich.«

Und damit verpasste er Coleman einen Schlag in die Magengrube, einen harten, schob ihn in die Wohnung und schloss die Tür, Coleman krümmte sich, der Typ betrachtete ihn, gab ihm zwei Ohrfeigen, sagte:

»Damit du nicht mehr so blöde grinst.«

Der Mann kam rein, fragte:

»Wo ist der Kessel, ich hab ’ne Mordslust auf Tee?«

Coleman schaffte es zu flüstern:

»Ich rufe die Polizei.«

Ohne sich umzudrehen, sagte der Mann:

»Ich bin die Polizei.«

Er hatte den Wasserkocher gefunden, stöpselte ihn ein, fragte:

»Willst du auch was?«

Coleman schaute verstohlen Richtung Tür, und der Mann sagte:

»Keine gute Idee, ich müsste dir ein Bein brechen, und das würde dir nicht gefallen, glaub mir, kein bisschen. Hast du Brot da, Tee schmeckt mit Toast ja noch besser?«

Als der Mann schließlich Tee und Toast zubereitet und es sich in einem Sessel gemütlich gemacht hatte, war Coleman wieder halbwegs auf den Beinen, stellte sich hinter den Tisch, der ihn vor diesem ... Irrsinnigen schützen sollte.

Der Mann biss ab, fragte:

»Kennst du das Lied *Clowns to the left of me, clowns to the right of me?*«

Wovon zum Teufel redete er?

Bevor Coleman etwas erwidern konnte, wenn es darauf etwas zu erwidern gab, sagte der Mann:

»Tja, Jungchen, in deinem Fall sind es Cops, und die haben dich von allen Seiten am Arsch.«

Er steckte die Hand in die Tasche, und Coleman war überzeugt, erschossen zu werden.

Aber der Mann zog nur einen Umschlag hervor, klatschte ihn auf den Tisch, sagte:

»Dein Reisegeld.«

Coleman hasste sich selbst, als er mit fast kindlicher Stimme fragte:

»Ich verreise?«

Der Mann lächelte entzückt, sagte:

»Siehst du, du kapierst schnell. Du machst sechs Monate lang Urlaub, endlich mal raus aus dem Scheißwetter, und wenn du zurückkommst, ist alles vorbei. Du kannst dein beschissenes, langweiliges Leben fortsetzen.«

Die Verachtung in der Stimme des Mannes verlieh Coleman falschen Mut, und er fauchte:

»Und wenn nicht?«

Der Mann wischte sich ein paar Krümel vom Anzug und sagte: »Findest du das auch so furchtbar?«

Dann stand er abrupt auf und sagte:

»Wenn nicht, kommen die apokalyptischen Reiter über dich.«

Auf dem Weg zur Tür drehte er sich plötzlich noch einmal um, und Coleman duckte sich. Der Mann lachte, fragte:

»Wie lange müsstest du für das Zeug unter deiner Matratze wohl sitzen?«

Coleman war noch verwirrter, fragte:

»Was meinen Sie, etwa … Heroin?«

Der Mann öffnete die Tür, sagte: »Ich meine das Zeug unter deiner Matratze.«

Coleman folgte ihm raus auf den Flur und konnte es sich nicht verkneifen:

»Ich hab mit so Zeug nichts am Hut.«

»Ich wette einen Fünfer, dass du nachsiehst. Muss los, die anständigen Bürger da draußen wollen beschützt werden. Schick keine Karte, genieß es einfach und entspann dich.«

Zitternd und mit Magenschmerzen kehrte Coleman in die Wohnung zurück. Er schwor sich, dass er nicht unter der Matratze nachsehen würde.

Der Entschluss hielt ganze vier, höchstens fünf Minuten, dann zog er die Bettdecke weg, riss die Matratze runter, kein Heroin, aber ein Zettel mit:

Reingelegt.

31

Falls soff. Sie hatte so oft geschworen, sich zu mäßigen, sich in den Griff zu kriegen.

Bla bla.

Aber echt jetzt, das ganze Happy-Slapper-Ding drohte, ihre Karriere zu zerstören, und dann Lane, die falsche Natter, der ihr in den Rücken gefallen war, und McDonalds Selbstmord.

Scheiße.

Wer würde da nicht saufen?

Und dann hatte sie zu Brant kriechen müssen … wieder mal … und den Pakt mit dem Teufel geschlossen. Als sie gefragt hatte:

»Wie wollen Sie das mit dem Happy Slapper lösen?«

Hatte er gegrinst wie Satan persönlich und gefragt:

»Willste das wirklich wissen?«

Und als sie gegangen war, hatte er noch gesagt:

»Denk … Apokalypse.«

Aber genau darum ging es, sie wollte nicht … denken. Deswegen der Wodka, der floss runter wie ein Gebet, wenn auch ein kurzes. Es war neun Uhr abends, sie trug ihr altes, gemütliches Snoopy-Nachthemd, nippte an ihrem zweiten … dritten Drink, mit Bitter Lemon gemixt, natürlich light, als würde das einen fetten Unterschied machen. Bitter war es auf jeden Fall. Tupac in den Boxen mit »Thugs Get Lonely Too«.

Verdammt, das ging ins Ohr.

Es klingelte an der Tür, Brant, tippte sie … mit Ergebnissen, sie kippte noch einen großen Schluck runter, Vorbereitung auf … was auch immer.

Machte die Tür auf, da stand Angie.

In mordsmäßigem Outfit?

Schwarzer Lederminirock, enges schwarzes T-Shirt, schwarze Strumpfhose, die glänzte, oder lag das am Wodka? Dazu eine Wildlederjacke. Sie hatte einen Beutel dabei und sagte:

»Mitbringsel.«

Falls verspürte übermenschlichen Hass auf die blöde Kuh. Schon wieder tauchte sie auf, stellte Falls' Leben auf den Kopf, brachte Chaos und Zerstörung, begleitet von einem wissenden Grinsen. Sie schaute gekränkt und sagte:

»Willst du mich nicht reinbitten?«

Falls trat beiseite. Wenigstens war der Typ nicht dabei, wie hieß er noch … Coleman, genau.

Angie hüpfte geradezu herein, sah sich um, sagte:

»Oje, Süße, wir haben schon länger nicht geputzt, wie?«

Sie fing an, den Beutel auszupacken, Wodkaflaschen, Snacks und etwas, das wie ein Päckchen Gras aussah … für einen Cop.

Sie sagte:

»Ich hole die Gläser, wie ich sehe, hast du schon einen Vorsprung.«

Falls spürte, wie eisige Kälte sie durchströmte, und beschloss, dass es jetzt vorbei sein würde. So oder so. Die Bitch musste raus aus ihrem Leben. Sie sah Angie herumhopsen, in ihrer ganzen bösartigen Selbstsicherheit, die totale Kontrolle, an die sie gewöhnt war.

Angie schenkte sich ein großes Glas voll, machte es sich auf dem Sofa bequem, zeigte dabei viel Bein und fragte:

»Gefällt dir, was du siehst, Liebling?«

Bei ihrem letzten Besuch waren sie im Bett gelandet, was Falls auf ewig bereute und beschämte. Angie hob ihr Glas, sagte:

»Auf die Zukunft, unsere, ja, Süße?«

Falls hob ihr Glas, nahm einen tödlichen Schluck, fragte:

»Was willst du?«

Angie lächelte, tolle Zähne, und sagte dann:

»Ups.«

Rieb den Lippenstift vom Glasrand, sagte:

»Vielleicht hast du auch Lust, ein bisschen zu reiben?«

Und Falls, zu ihrem Entsetzen, überkam riesige Lust. Sie musste sie verdrängen, sich in den Griff kriegen, und so wiederholte sie mit kalter Stimme:

»Was willst du?«

Eine winzige Veränderung huschte über Angies Gesicht, kurz verrutschte die Maske, tauchte der dunkle Dämon auf, der dort lebte.

Falls wich tatsächlich einen Schritt zurück, bei dem kurzen Blick auf das, was Angie war, stellten sich ihre Nackenhaare hoch. Sie streckte eine Hand aus, um sich irgendwo abzustützen, ihre Finger legten sich um die Wodkaflasche auf dem Buchregal, Trost suchend hielt sie sich daran fest. Angie betrachtete Falls einen Moment lang, wandte dann den Blick ab, sagte:

»Mein neuer kleiner Freund ist verschwunden, ich frage mich, warum. Ich hatte noch was vor mit dem Jungen und habe den leisen Verdacht, dass du, Liz, ich darf dich doch so nennen, damit was zu tun haben könntest.«

Falls wurde von Gefühlen überflutet, Freude, dass der Mistkerl beseitigt und sie vom Haken war, Angst, was Brant mit ihm gemacht haben könnte, und vor allem Grauen, was Angie vorhatte. Die schlug ihre Beine übereinander, ließ das Nylon bedeutungsvoll knistern, sagte dann:

»Liz, sollte ich ihn nicht wiederbekommen, muss ich mit … unserer Affäre an die Presse gehen. Meinst du nicht, die *Klatschblätter* hätten Interesse daran?«

Falls schlug mit der Flasche zu, traf Angie mitten auf den Schädel, kreischte:

»Droh mir ja nicht, du verdammtes Stück Scheiße. Ich bin Polizistin.«

Wodka hat mehr Wumms als man ahnt.
– Sergeant Elizabeth Falls

32

Angie regte sich nicht, lag ausgestreckt auf dem Sofa, die Augen waren in den Kopf zurückgerollt.

Falls ließ die Flasche fallen, ging zu ihr, versuchte es mit:

»Angie, Angie, ist alles in Ordnung?«

Mitnichten.

Falls tastete panisch nach einem Puls.

Nix.

Sie wich zurück und wäre fast über die Wodkaflasche gestolpert. Nahm sie, drehte den Verschluss ab und trank direkt aus der Flasche, Flüssigkeit lief auf ihr Snoopy-Nachthemd. Der Alkohol brannte in ihrem Magen, sie keuchte:

»Ich habe die verdammte Hexe umgebracht – oh Gott.«

Brant zu holen kam nicht infrage, und die Polizei würde sie bestimmt nicht rufen.

Scheiße, im Leben nicht.

Sie musste die Leiche loswerden, und zwar schnell.

Sie holte den Autoschlüssel, zog Angie vom Sofa hoch, legte deren Arm über ihre Schulter und zerrte sie zur Tür, die sie vorsichtig öffnete, niemand da, hatte Angie ein Auto, nein, keins zu sehen. Sie schob sie auf die Rückbank ihres eigenen Wagens, setzte sich ans Steuer und fuhr ganz, ganz vorsichtig los.

So vorsichtig, wie es eben geht, wenn man jemanden totgeschlagen und fast eine Flasche Wodka intus hatte. Sie wusste nicht, wie lange sie schon unterwegs war, ihr Hirn weigerte sich, einen Plan zu schmieden. Schließlich parkte sie in Croydon neben einem leer stehenden Lagerhaus. Stellte den Motor ab.

Sah sich um, keine Menschenseele, und, hurra, neben dem Lagerhaus stand ein Müllcontainer. Sie zog Angie aus dem Wagen und zerrte sie an den Haaren zu dem Container, Angies Schuhe waren weg.

Wo waren die Scheißdinger, etwa im Wagen?

Sie schob den Deckel des Müllcontainers hoch, scheißschwer, das Teil, zog dann Angie unter größter Mühe hoch und schmiss sie auf den Müll. Der stank zum Himmel, eine Mischung aus verfaultem Gemüse, jedenfalls hoffte sie, es wäre Gemüse, Urin und … Curry?

Sie knallte den Deckel zu, ein Höllenlärm, sie murmelte:

»Super, echt super, weck die Toten auf.«

Und sie begann zu kichern, sagte:

»Angie, ich hab dich doch nicht geweckt, oder?«

Hysterie überkam sie, sie fügte hinzu:

»Und nenn mich nie wieder Liz.«

Dann fegte eine eisige Bö um sie herum, sie hielt inne und begriff, dass sie sich schnellstens vom Acker machen musste.

Tat es.

Als sie endlich wieder zu Hause eintraf, schaute sie sich auf der Rückbank nach Angies Schuhen um. Da lagen sie. Sie nahm sie mit rein, trank als Erstes einen großen Wodka, dann noch ein paar mehr, und später probierte sie Angies Schuhe an, sie passten.

Perfekt.

Sie trug sie immer noch, als sie endlich umfiel, mit dem Gedanken:

Der Abend war nicht total verloren.

Sie hatte vorgehabt, neue Schuhe zu kaufen.

Wer hatte Zeit für so was?

33

Brant döste, als das Telefon klingelte. Er griff zum Hörer, murmelte:

»Ja?«

Hörte:

»Glückwunsch, Big Boy.«

Feiner-Pinkel-Ton.

So nannte ihn nur ein Mensch, und dann noch die vornehme Sprechweise. Das konnte nur die irre Kuh sein, seine Agentin, Linda Gillingham-Bowl.

Scheißname. Kriegte man kaum ausgespuckt.

Und er schauderte, er hatte die Kuh bestiegen, gütiger Himmel. Er hatte Porter durch Trickserei dazu gekriegt, ihm den Großteil des Romans zu schreiben, sich dann eine Agentin besorgt, spitze, aber alt. Hatte vorgehabt, sie abzufüllen und zu einem Vorschuss zu überreden, und ... stattdessen hatte er ihr einen gegeben.

Blöd gelaufen.

Aber immerhin arbeitete sie wie ein Kobold an seinem Buch. Er brauchte Kaffee, eine Menge.

Hörte:

»Wie wunderbar, dass du angeschossen wurdest.«

Er setzte sich benommen auf, sagte:

»Freut mich, dass dir das gefällt.«

Sie gab das künstliche Lachen von sich, das man auf der Agentenschule lernt, und sagte: »Du bist so ulkig, du Frechdachs, natürlich bin ich erleichtert, dass es dir gut geht, aber so kurz vor dem Erscheinen von *Kaliber* ist das einfach genial. Polizeiheld kurz vor Veröffentlichung niedergeschossen. Wunderbare PR.«

Er hasste die Hexe, sagte:

»Schön, dass ich helfen konnte.«

Sie war ganz aufgedreht, sagte:

»Alle sind ganz heiß auf dich, die ganzen großen Talkshows, und mit deinem rauen Charme und verwegenen Humor bist du ein Naturtalent.«

»Herrgott.«

Bevor er etwas nachschieben konnte, hämmerte jemand an seine Tür, und er sagte:

»Bleib dran, ich muss die Tür aufmachen.«

Mehr von ihrem schrecklichen Gelächter, und sie sagte:

»Spann mich nicht auf die Folter.«

Er öffnete die Tür, und ein Haufen Cops fiel ein, angeführt von Porter Nash, der sagte:

»Sergeant Brant, ich verhafte Sie wegen Mordverdachts. Sie werden verdächtigt, Rodney Lewis getötet zu haben.«

Brant zögerte kurz, sagte dann:

»Kann ich kurz mein Telefonat beenden?«

Zeigte auf das Telefon.

Porter fragte:

»Dein Anwalt?«

Brant lachte, sagte:

»Blödsinn, nein, besser, meine Agentin.«

Er griff zum Hörer, sagte:

»Muss auflegen, Baby. Ich werde verhaftet.«

Sie kam fast vor Entzücken, sagte:

»Du Süßer, du bist ein echter Marketingtraum, das ist ideal, soll ich irgendwas tun?«

»Ja, bezahl die Kaution.«

Er legte auf, drehte sich um, fragte Porter:

»Soll ich Kaffee aufsetzen?«

Porter hielt ihm einen Beschluss hin, sagte:

»Damit haben wir das Recht, deine Wohnung zu durchsuchen, und ja, während wir das tun, kannst du Kaffee machen, leider muss ich dich begleiten.«

Brant lächelte, fragte:

»Hast du 'ne Fluppe?«

Bei jeder anderen Durchsuchung wäre den Cops völlig egal, welchen Schaden sie anrichteten.

Aber Brant?

Oh, oh.

Auch verhaftet war er noch lange nicht erledigt, daher war klar, dass man seine Sachen mit Vorsicht behandelte, also ignorierten sie das Hasch und die Pornos, die sie fanden, denn Brant hatte ein Elefantengedächtnis. Ihr Auftrag lautete, eine Glock zu finden, und nur danach suchten sie, wenn auch nicht besonders eifrig.

Brant ließ sich den Kaffee schmecken und zog kräftig an der Mentholzigarette, die Porter ihm gegeben hatte. Porter starrte ihn an, fragte:

»Du wirkst nicht sehr besorgt. Das ist ein ernster Vorwurf, und alle wissen, dass du ihm gedroht hast.«

Brant lächelte ohne Wärme oder Humor, reines Kalkül, und sagte:

»Weißt du, Porter, nur du warst ja dabei, wenn also alle Bescheid wissen, dann von dir, und ich dachte, wir wären Freunde?«

Porter fühlte sich mies, sie waren Freunde, wenn auch die seltsamste Paarung auf dem ganzen Planeten, aber er nahm seine Rolle als Polizist sehr ernst, sagte:

»Wenn du das Gesetz in eigene Hände genommen hast, bist du nicht länger Polizist.«

Brant lächelte immer noch, fragte:

»Wann wurde er umgelegt?«

Porter war überrascht und musste kurz nachdenken, dann nannte er Brant Uhrzeit und Datum.

Brant ließ die Kippe auf den Boden fallen, trat sie aus. Porter musste gegen den Impuls ankämpfen, sie aufzuheben. Brant sagte:

»Ich hab ein Alibi.«

Porter kannte Brants Nuttennetzwerk, das alles für ihn tun würde, und sagte:

»Deine Nuttengang wird dich da nicht raushauen können, fürchte ich.«

Brant sah ihm direkt in die Augen, sagte:

»Oh, keine Nutte, was viel, viel Besseres.«

Porter musste es wissen:

»Darf ich fragen, wer es ist?«

Brant ließ sich Zeit, dann:

»Falls, für dich Sergeant Falls.«

Dann streckte er die Arme aus und sagte:

»Willst du mir Handschellen anlegen?«

Porter hatte daran gedacht, alles, um ihm das Scheißgrinsen aus dem Gesicht zu wischen, sagte aber:

»Nein, ich glaube nicht, dass das nötig ist.«

Brant seufzte, sagte:

»Schade, ich dachte, ihr Schwulen steht auf den ganzen SM-Kram.«

Der leitende Durchsuchungscop steckte den Kopf durch die Tür, sagte:

»Wir haben nichts gefunden, Sir.«

Porter wäre fast ausgeflippt, schnauzte:

»Gar nichts?«

»Nein, Sir.«

Brant sah den Cop an und zwinkerte.

• • •

Die Journaille feierte Brants Verhaftung, der Mord an Rodney Lewis roch nach polizeilicher Selbstjustiz, und die Presse war schon seit Jahren hinter Brant her.

Seine Agentin hielt Wort und schickte einen teuren Anwalt vorbei, und Brant wurde in Ermangelung handfester Beweise auf Kaution entlassen. Roberts war beauftragt worden, Falls zu Hause aufzusuchen, um Brants Alibi zu überprüfen.

Der Super wollte Brant abgesägt sehen und brüllte Roberts an:

»Machen Sie der Schwarzen Schlampe klar, dass sie sich gut überlegen soll, ob sie Brant aus der Patsche hilft. Wenn er fällt, fällt auch sie.«

Roberts hielt klugerweise den Mund.

Brant hielt auf der Treppe vor dem Revier eine spontane Pressekonferenz ab und beantwortete alle Fragen mit:

»Lest mein neues Buch, *Kaliber*, ab nächste Woche im Handel.«

Seine Agentin war außer sich vor Freude.

Der Mann war ein Glücksfall.

34

Falls war im Vollrausch, als Roberts an ihre Tür hämmerte. Sie brauchte einen Moment, um zu sich zu kommen, dann drehte sich ihr der Magen um, apokalyptischer Kopfschmerz setzte ein, das Hämmern an der Tür wie das Jüngste Gericht, sie schrie:

»Herrgott, nur eine Minute.«

Und hörte:

»Hier ist die Polizei. In einer Minute brechen wir die Tür auf.«

Roberts war allein, aber nicht in Stimmung für Falls und ihre Eskapaden. Falls dachte:

Oh Gott. Sie haben Angie schon gefunden. Ich bin erledigt.

Sie öffnete die Tür, sah Roberts und hätte ihn fast angekotzt, er schob sie beiseite, sagte:

»Wieder an der Flasche, das hilft.«

Sie schloss leise die Tür, kurz drehte sich die Welt, und sie musste um Gleichgewicht ringen. Roberts betrachtete den Saustall, überall Flaschen, beäugte dann Falls genauer, sagte:

»Ich mag die Schuhe, sehr stylisch, auch wenn ich nicht sicher bin, ob sie zum T-Shirt passen.«

Falls betrachtete entsetzt Angies Schuhe, wie zum Teufel war das passiert, und Snoopy auf ihrem Hemd, der genauso mitgenommen aussah wie sie. Roberts hob eine Wodkaflasche auf, untersuchte den Hals, fragte:

»Was haben Sie mit der getan, sie jemandem über den Kopf gezogen?«

Bevor Falls etwas sagen konnte, schenkte er einen ordentlichen Schluck in einen Becher und sagte:

»Das trinken Sie besser, gegen den Kater. Dieser hier dürfte sich eher zum Tiger auswachsen.«

Und er gab ihr den Becher, den sie kaum halten konnte, so sehr zitterte sie, aber sie schaffte es, ihn an ihre Lippen zu heben, trank gierig. Die Flüssigkeit brannte wie Säure, sie keuchte, dachte, sie würde in hohem Bogen kotzen, Roberts betrachtete sie mit distanziertem Interesse. Da er selbst schon in dieser Scheiße gesteckt hatte, war er nicht ganz mitleidslos. Tatsächlich war es Falls gewesen, die ihn da wieder rausgezogen hatte, so wurde eine Art Ausgleich hergestellt. Die Schlacht in ihrem Magen wütete fast drei Minuten lang. Eigentlich nicht lang, aber wenn es der eigene Magen ist, eine Ewigkeit.

Ihr Magen gewann, der Alkohol beruhigte sich einstweilen, wartete auf Nachschub. Roberts sagte:

»Setzen Sie sich, bevor Sie noch zusammenbrechen.«

Tat sie, also, sich setzen.

Zog die Schuhe aus, Herrgott, sobald sie in der Lage dazu war. Sie würde die Scheißdinger verbrennen.

Roberts machte Kaffee, und währenddessen fielen Falls grauenhafte Bruchstücke des vergangenen Abends ein.

Heilige Scheiße, sie hatte die Füchsin erlegt.

Roberts setzte einen dampfenden Becher vor ihr ab, sagte:

»Kein Alkohol mehr. Trinken Sie das, dann schauen wir mal, ob ich irgendwas Vernünftiges aus Ihnen rauskriegen kann.«

Sie schaffte es zu sprechen:

»Mir geht's schon ganz gut. Warum sind Sie hier?«

Roberts lehnte sich zurück, erinnerte sich, dass Falls der feuchte Traum des Reviers gewesen war, hoch motiviert, und geglaubt hatte, eine Schwarze WPC könnte was bewirken. Die Jahre hatten ihr zugesetzt und sie verbittern lassen, allerdings glaubte er selbst auch nicht mehr an vieles. Ehrlich gesagt hatte er sie immer gemocht, deswegen nahm er sie weniger hart ran als geplant, sagte:

»Ich werde Nachsicht üben, um der alten Zeiten willen, ich könnte fragen, wo Sie an einem bestimmten Abend waren, und vor allem, mit wem Sie zusammen waren?«

Falls war überzeugt, es ginge um Angie. Sie würde für die irre Hexe in den Knast gehen, aber ehrlich gesagt verspürte sie keinerlei Reue, ihr eins übergebraten ... sie umgebracht ... zu haben? Oder?

Roberts sagte:

»Rodney Lewis wurde ermordet, und unser Brant ist natürlich der wahrscheinlichste Tatverdächtige.«

Dann tat er ihr den Gefallen, nannte ihr Datum und Uhrzeit von Lewis' Ableben und fragte:

»Sergeant Falls, waren Sie zu der betreffenden Zeit an diesem Tag mit Sergeant Brant zusammen?«

Falls hatte keinen Schimmer. Sie konnte sich an überhaupt nichts erinnern, außer an die verschwommenen Ereignisse des letzten Abends. Ohne zu zögern, sagte sie:

»Ja, Sir, war ich.«

Sie wussten beide, dass sie log, und die Lüge waberte einen Moment lang in der Luft und verdunkelte jegliche Zuneigung, Verbindung, die es zwischen ihnen gegeben hatte. Roberts sagte seufzend:

»Überlegen Sie gut, ob Sie das tun wollen ... Liz.«

Fast hätte sie gelacht, der letzte Mensch, der sie so genannt hatte, verrottete in einem Müllcontainer.

Scheiße, vielleicht sollte sie einfach jeden töten, der vorbeikam, kleine Überraschung für den Briefträger.

Sie griff nach der Flasche, und Roberts sah aus, als würde er sie abhalten wollen, nickte dann aber. Sie hielt die Flasche fest in der Hand, schaute Roberts an und begriff, wie einfach es wäre, auf Amoklauf zu gehen, solange man genug Alk hatte, um sich anzufeuern, wie schwer konnte das schon sein?

Sie schenkte sich einen kleinen Schluck ein, nippte, lehnte sich zurück und seufzte leise, nicht zufrieden, eher resigniert. Roberts war halb versucht, mitzumachen. Er hasste nichts mehr als den Untergang eines guten Cops. Er sagte:

»Wenn Sie sich auf Brants Seite stellen, sind Sie mehr oder weniger Geschichte, nicht dass Ihre Zukunft im Moment besonders strahlend aussehen würde, aber der Super will Brant drankriegen, das wissen Sie, und wenn Sie ihm den Hals retten, dann rollt Ihr Kopf.«

Sie nickte.

Roberts stand auf, fragte:

»Wollen Sie wirklich Ihre Karriere opfern ... für Brant?«

Sie lächelte. Das kam so selten vor, dass Roberts wirklich verblüfft war. Er hatte vergessen, wie hübsch sie sein konnte, und sein dummes Herz setzte kurz aus, das Lächeln war mit solcher Traurigkeit vermischt, dass er sie in den Arm nehmen und ihr versprechen wollte, alles wird gut.

Ja ... klar.

Sie waren Polizisten, schlimmer, englische Polizisten, eine solche Geste hätte sie beide in Panik versetzt.

Auch sie erhob sich, kurz schien sie ihm die Hand schütteln zu wollen, sie fragte:

»Glauben Sie, ich hab eine Wahl?«

Und Roberts, der Brant besser kannte als die meisten, was nicht viel zu sagen hatte, sagte:

»Ich werde mein Bestes für Sie tun.«

Sie berührte seinen Arm, sagte:

»Das haben Sie immer.«

An der Tür sagte er:

»Halten Sie sich mit dem Zeug zurück, wir brauchen die Besten und Klügsten.«

Sie lächelte wieder umwerfend, sagte:

»Nicht zu vergessen die Schwärzesten.«

Dann schloss sie die Tür. Roberts zögerte einen Moment, überlegte, wieder reinzugehen, aber auf dem Weg zum Auto dachte er über ihre letzte Bemerkung nach, griff zu dem Zynismus, den er zum Überleben brauchte, flüsterte:

»Bewahr dir den Humor, du wirst ihn verdammt noch mal brauchen.«

Die beste Munition ist die, die man in Reserve hat.
– Sergeant Brant

35

Falls' Alibi führte dazu, dass die Anklage gegen Brant fallen gelassen wurde.

Seine Agentin schmiss in Covent Garden eine große Party, und Brant lud alle dazu ein, auch seine Nutten. Die würden im Laufe des Abends ein Riesengeschäft machen, so hatten alle was davon. Falls ließ sich nicht blicken.

Porter dagegen schon, er ging verlegen auf Brant zu, der gerade die nächste Magnumflasche Schampus köpfte. Porter streckte die Hand aus, sagte:

»Nichts für ungut.«

Brant starrte ihn an, sagte:

»Türlich nicht, aber werde ich vergessen, dass du mich festgenommen hast? Im Leben nicht.«

Und er wandte sich ab, getragen von der Sympathiewelle seiner Fans. Porter holte sich einen Gin Tonic, zuckerfrei, setzte sich in eine Ecke, hatte vor, den runterzukippen und sich dann schnellstens vom Acker zu machen, hörte:

»Yo, Buddy, was geht?«

Wallace, mehr nach Cowboy aussehend als je zuvor, Lederjacke mit Fransen und natürlich Stiefel. Er setzte sich neben Porter, trank einen großen Schluck Bourbon, sagte:

»Ende gut, alles gut.«

Porter starrte ihn an, Wallace lachte und sagte:

»Du musst dich echt mal lockermachen, Bro.«

Bevor Porter etwas sagen konnte, fuhr Wallace fort:

»Ich hab's dir schon mal gesagt, du hast ein Gewissen, und das ist in diesen dunklen Zeiten gefährliches Gut. Falls du darüber nachdenken solltest, mich wegen unseres … Zwischenfalls zu verpfeifen, hör mir jetzt gut zu.«

Porter wartete.

Wallace betrachtete seine Stiefel, schien fasziniert davon. Sagte mit steinharter Stimme:

»Nehmen wir an, die Cops würden die Wohnung eines Copkollegen durchsuchen und eine Glock finden, eine Glock mit deinen Fingerabdrücken, und hey, Überraschung, das ist die, mit der dieser Lewis-Dude abgeknallt wurde. Würde man dann nicht glauben, du hättest die Tat begangen, um deinem Buddy Brant einen Gefallen zu tun?«

Porter war entsetzt, fragte:

»Ist das eine Erpressung?«

Wallace stand auf, boxte Porter gegen die Schulter, sagte:

»Nur ein kleines Gedankenspiel, Bro. Pass auf dich auf, ich werd mal sehen, ob ich nicht 'ne süße Engländerin abschleppen kann.«

Und weg war er.

Porter nahm den Gin Tonic vom Tisch und sagte in fast perfekt nachgeahmter Brant-Manier:

»Scheißdreck.«

36

Falls, bei dem schwachen Versuch, Ordnung zu schaffen, hatte mit einem Besen den Boden gefegt und unter dem Sofa Angies Handtasche gefunden. Sie öffnete sie, darin das übliche Zeug und eine winzige Automatik. Sie holte eine unberührte Flasche Wodka, das Siegel intakt, und stellte sie auf den Tisch. Setzte sich, die Automatik in der Hand, einmal durchladen und Bingo, einfach losballern. Sie betrachtete die ungeöffnete Wodkaflasche, sagte:

»Jungfräulich.«

Und lächelte das winzige Lächeln, das Roberts so verzaubert hatte.

Sie steckte sich die kleine Waffe in den Mund, schmeckte Metall, kalt.

Und fragte sich, woran McDonald in seinen letzten Sekunden gedacht hatte, sie bereute es, ihr Snoopy-Nachthemd nicht gewaschen zu haben. Sie hätte den ganzen Rest bereut, aber das war zu viel … Munition?

37

Morgengrauen in Croydon, ein Säufer durchwühlte einen Müllcontainer, der Gestank machte ihm nichts aus, den übertrumpfte
er mit Leichtigkeit.

Er griff nach etwas, das wie eine Schachtel Kentucky Fried Chi-
cken aussah. Die Rezeptur sagte ihm zu, und frittiert? Passte zu
seinem Hirn.

Eine Hand schoss nach oben, eine Stimme sagte:

»Was muss ein Mädel tun, um einen Drink zu kriegen?«

»Rassismus, Frauenhass und Korruption«

Ein Nachwort von Anthony J. Quinn

Wir leben in einer Zeit, in der eine kleine Minderheit die Lesege-
wohnheiten von vielen bestimmt. Seit 2020 die fünf großen
Buchverlage zu vier Machtzentren zusammengelegt wurden, sind
Autoren wie Ken Bruen nur durch den unermüdlichen Einsatz
unabhängiger Verlage wie dem Polar Verlag mit seinem Team aus
engagierten Herausgebern und Übersetzern und Übersetzerinnen
überhaupt noch der Leserschaft zugänglich. Ohne ihren Mut und
ihren Kampfgeist würden wir in einer Welt einheitlicher, glatt
gebügelter Romane leben, denen jeglicher Realismus entzogen
wurde, der nicht der Weltsicht aus einigen Büros in New York
und London entspricht, und die sich vor allem an die Lesezirkel
der Mittelschicht richten. Eine neue Form der Zensur, und gefährlich.

Als international erfolgreicher Schriftsteller spielt Bruen mit
diesen globalen Kräften, ohne sich von ihnen einverleiben zu lassen. In der Kriminalliteratur ist er eine Ausnahmeerscheinung,
seine erfrischend stachlige Prosa zeichnet seine Figuren und
Schauplätze aus unerwarteten Blickwinkeln. Viele seiner über
fünfunddreißig Romane wurden für das Fernsehen oder Kino mit
so herausragenden Schauspielern wie Colin Farrell, Keira Knight-
ley und Jason Statham verfilmt. Doch in seiner irischen Heimat
ist Bruen trotz seiner Produktivität und seines Erfolgs oft überse-
hen worden, zumindest in literarischer Hinsicht, worüber er sich
mit dem für ihn typischen trockenen Humor bei irischen Journa-
listen beschwerte: »Mit jedem neuen Buch erreiche ich neue

Höhen der Unbekanntheit. Vielleicht mache ich es wie JK Rowling, nur andersherum, und lege mir ein Pseudonym zu, um meine Unbekanntheit zu schützen.«

Für Bruens Fans, zu denen ich mich zähle, passt die Diskrepanz zwischen internationalem Erfolg und Unbekanntheit in Irland zur Unberechenbarkeit seiner Geschichten. Er schreibt über die für das *hard-boiled genre* typischen Themen: Alkoholismus, polizeiliche Korruption, Versagen und Gewalt; den Kontrast dazu aber bildet sein höchst eigenwilliger Stil, bruchstückhaft, fast verwirrend zerhackt, jede Sentimentalität vermeidend und sich jeglichem Klischee widersetzend. Seine Lust, den Leser zu überraschen oder zu schockieren, rauscht wie eine Flutwelle durch seine Texte. Auch seine Figuren sind unberechenbar, rau und wild. In *Scharfe Munition* beschwört er einen Haufen angeschlagener Cops herauf, bringt ihre Süchte und Unsicherheiten ans Tageslicht und lässt die Lunte mit unglaublicher Geschwindigkeit abbrennen.

Als das Buch 2007 veröffentlicht wurde, mag Bruens Beschreibung von endemischem Rassismus, Frauenhass und Korruption in der Londoner Met noch weit hergeholt und übertrieben gewirkt haben. Inzwischen aber ist der Mythos vom braven Londoner Bobby derart angekratzt, dass in den Worten des früheren Polizeipräsidenten Sir Robert Mark gute Polizeiarbeit heutzutage darin besteht, »mehr Verbrecher zu fangen als einzustellen«. Die Skandale und Proteste der jüngeren Vergangenheit haben Bruens Fantasiegeschichten in den Schatten gestellt: die Verurteilung von Officer Wayne Couzens für den Mord an Sarah Everard in Süd-London (auch Schauplatz von *Scharfe Munition*), die Erschießung eines unbewaffneten Schwarzen, wütende Demonstranten vor der Zentrale von Scotland Yard mit »Schafft die Met ab«-Schildern, Skandale um rassistische und sexistische »Scherze« und die Ernennung eines neuen Polizeipräsidenten, um der polizeilichen Missstände Herr zu werden. Kein Wunder, dass desillusionierte britische Polizeibeamte inzwischen einen eigenen verzweifelten Code für »der Job ist scheiße« haben: Tango Juliet Foxtrot – *the job's fucked.*

Polizeiliche Korruption war in der Literatur schon immer ein beliebtes Thema, vor allem für irische Krimiautoren, deren Faszination für Schurkencops und die Voreingenommenheit des Rechtssystems historisch und politisch begründet ist. Vielleicht liegt es an meiner kulturellen Befangenheit als irischer Schriftstellerkollege, aber britische Krimis scheinen polizeiliche Korruption eher von oben herab zu betrachten – es gibt ein paar korrupte Beamte, faule Äpfel, meistens als Außenseiter und Einzelfälle dargestellt, aber nur selten wird die Polizei als Institution so umfassend und brutal kritisiert, wie Bruen es tut.

In den besten Kriminalromanen entsteht Spannung dann, wenn der Leser nicht nur etwas über die moralischen Werte der Figuren, ob Kriminelle oder Polizisten, erfährt, sondern auch spürt, wie der Autor selbst zu Gerechtigkeit, Polizeiarbeit, Strafe und Verbrechen steht. Ich würde behaupten, Bruens Haltung ist historisch und politisch geprägt, und dass er sich die London Met vornimmt, ist bestimmt kein Zufall. Bruens Romane geben auf ihre eigenwillige Weise Einblick in die dunkle Seele der britischen Kolonialherrschaft in Irland, unter der die Institutionalisierung der Polizei, von der Royal Irish Constabulary bis zu den Sondereinsatzkräften der Black and Tans, oft ein Mittel war, um die irische Bevölkerung zu unterdrücken und zu kriminalisieren.

In Bruens Fantasie steht die Londoner Polizei für Unehrlichkeit, Verdorbenheit und alles Verachtenswerte. Die bunte Truppe in *Scharfe Munition* wird auf ihrem Weg in den Abgrund nur noch durch eine seltsame, fehlgeleitete Loyalität zusammengehalten. Die Geschichte springt hin und her zwischen maximal verbitterten Polizeichefs, leitenden Ermittlern, die aus ihren verlorenen Wochenenden nicht mehr richtig auftauchen, und Nachwuchsbeamten, die lügen und betrügen, um endlich befördert zu werden – was zu Alkoholismus, Gewalt und versuchtem Mord führt.

Einer der Handlungsstränge des Romans beschreibt die falsche Beschuldigung eines unschuldigen Passanten, der zufällig zur falschen Zeit am falschen Ort war. Solche Ungerechtigkeiten waren jahrelang der Albtraum aller in England lebenden Iren. Die furchtbaren Erfahrungen der Birmingham Six und der Guildford Four, die fälschlicherweise für IRA-Bombenattentate im Gefängnis saßen, haben das irische Vertrauen in das britische Rechtswesen und seine Institutionen nachhaltig erschüttert. Obwohl die Anklagen gegen die unschuldigen Männer und Frauen bereits kurz nach der Verurteilung widerlegt wurden, hielten die britischen Behörden vierzehn weitere Jahre an ihrer Vertuschungstaktik fest und verlängerten somit unnötig das Leid der inhaftierten Opfer und ihrer Familien.

Das soll nicht heißen, dass Bruens Romane offen politisch daherkämen. Zeitgenössische Kriminalromane wirken oft wie moralische Pamphlete über die Gefahren des Kapitalismus, über Gier und illiberale Werte. Bruens Leser aber werden sich niemals geschulmeistert vorkommen. Die Verflechtung von Subjekt und Stimme wird nie aufgelöst, stattdessen bekommen wir ein literarisches Irish Stew aus hart erarbeiteten philosophischen Erkenntnissen, Witzen und allem dazwischen. Bruens Stil ist so eigenwillig, dass man hinter den Unebenheiten genauso sehr Absicht wie Zufall vermuten muss. Die Lücken in der Handlung erscheinen wie absichtliche Disziplinlosigkeit, erzählerische Waghalsigkeit, um ungewollte Rücksichtnahme des Autors auf sich selbst und auf jegliche schriftstellerische Überheblichkeit sofort zu unterbinden. Die Figuren leben in einer chaotischen Welt, und Bruen stellt mehr Fragen als er beantwortet.

Was liegt hinter Bruens Schreibstil? Ich würde sagen, dass seine Erzählkraft seinem Irischsein entspringt – dem widerborstigen, antiautoritären, unorthodoxen, abstoßenden Geist, der sich literarischen Erwartungen querstellt. Sein Schreiben nimmt sich alle Freiheiten und ist unerbittlich sprunghaft. Er erinnert uns Leser daran, dass die Welt da draußen gefährlich ist, dass Sucht, Stolz, Gier oder einfach nur Pech uns jederzeit ins Straucheln bringen können, egal wie sicher oder unbesiegbar wir uns fühlen, egal welche Stellung oder Machtposition wir innehaben. Bruens Weltsicht hat nichts Eindimensionales oder Universelles. Er schreibt aus den Verwerfungen der irischen Geschichte heraus mit spielerischer Intelligenz, dunkler komischer Weisheit und sehr viel Eigensinn.

Ich empfehle, sich diesem Genuss hinzugeben.

The White Trilogy

Band 1

Ken Bruen
SAUBERMANN

Aus dem Englischen von Karen Witthuhn
224 Seiten | Klappenbroschur 11,3 x 18 cm
ISBN 978-3-948392-28-4
EUR (D) 14,00 / (A) 14,60
auch als E-Book erhältlich
Coverfoto © alexkoral / Adobe Stock

Band 2

Ken Bruen
ALIENS BÄNDIGUNG

Band 3

Ken Bruen
McDEAD

Aus dem Englischen von Karen Witthuhn
192 Seiten | Klappenbroschur 13,5 x 19,5 cm
ISBN 978-3-948392-54-3
EUR (D) 15,00 / (A) 15,50
auch als E-Book erhältlich
Coverfoto © EVGENIY / Adobe Stock

Aus dem Englischen von Karen Witthuhn
144 Seiten | Klappenbroschur 13,5 x 19,5 cm
ISBN 978-3-948392-75-8
EUR (D) 16,00 / (A) 16,50
auch als E-Book erhältlich
Coverfoto © stokkete / Adobe Stock

Weitere Informationen sowie Leseproben und Interviews finden Sie unter www.polar-verlag.de

Brand-Reihe

Band 4

Aus dem Englischen von Karen Witthuhn
184 Seiten | Klappenbroschur
ISBN 978-3-945133-12-5
EUR (D) 12,90 / (A) 13,30
auch als E-Book erhältlich
Cover-Illustration © Detlef Kellermann

Band 5

Aus dem Englischen von Karen Witthuhn
184 Seiten | Klappenbroschur
ISBN 978-3-945133-31-6
EUR (D) 12,90 / (A) 13,30
auch als E-Book erhältlich
Cover-Illustration © Detlef Kellermann

Band 6

Aus dem Englischen von Len Wanner
256 Seiten | Klappenbroschur 13,5 x 19,5 cm
ISBN 978-3-945133-45-3
EUR (D) 16,00 / (A) 16,40
auch als E-Book erhältlich
Cover-Illustration © Detlef Kellermann

Weitere Informationen finden Sie unter www.polar-verlag.de

Celcius Daly-Reihe

Band 1

Aus dem Englischen von Sven Koch
424 Seiten | Klappenbroschur 11,3 x 18 cm
ISBN 978-3-948392-26-0
EUR (D) 14,00 / (A) 14,60
auch als E-Book erhältlich
Coverfoto © JTATODD / Adobe Stock

Band 2

Aus dem Englischen von Sven Koch
304 Seiten | Klappenbroschur 13,5 x 19,5 cm
ISBN 978-3-948392-85-7
EUR (D) 17,00 / (A) 17,50
auch als E-Book erhältlich
Coverfoto © StockPhotosLV / shutterstock

Band 5

Aus dem Englischen von Robert Brack
320 Seiten | Gebunden mit Schutzumschlag
ISBN 978-3-945133-83-5
EUR (D) 20,00 / (A) 20,60
auch als E-Book erhältlich
Coverfoto © nvphoto / fotolia

Weitere Informationen sowie Leseproben und Interviews finden Sie unter www.polar-verlag.de